KB204420

별

별

초판 1쇄 발행 2020년 7월 16일
초판 2쇄 발행 2022년 10월 20일

지은이 알퐁스 도데
옮긴이 하소연
펴낸이 남기성

펴낸곳 주식회사 자화상
인쇄,제작 데이타링크
출판사등록 신고번호 제 2016-000312호
주소 서울특별시 마포구 월드컵북로 400 서울산업진흥원 201호
대표전화 (070) 7555-9653
이메일 sung0278@naver.com

ISBN 979-11-90298-82-7 03860

별
Les étoile

알퐁스 도데 지음

하소연 옮김

자화
상

|차례|

별

뤼브롱 산에서 양치기로 지내고 있던 시절, 나는 몇 주 일이나 사람 그림자조차 구경하지 못한 채 홀로 목초지에서 사냥개 라브리와 함께 양을 치며 지내야 했습니다. 이따금 몽 드뤼르 산에 칩거하는 약초꾼들이 지나가는 풍경이나, 피에몽 주위에서 숯 굽는 사람들의 거무튀튀한 얼굴만을 볼 수 있을 뿐이었습니다.

하지만 그들은 사람들과 거의 접촉하지 않는 소박한 생활을 해왔기 때문에 이야기를 나누는 일에는 그다지 흥미가 없었습니다. 산 아랫마을이나 읍에서 일어나는 일에 대해서도 알고 있는 게 전혀 없었습니다. 그래서 나는 2주일마다 보름 치 식량을 싣고 산길을 올라오는 우리 농장 노새의 방울 소리가 들릴 때라든가, 어린 하인 미아로의 명랑한 얼굴이나 늙은 노라드 아주머니의 붉은 머리쓰개가 언덕 위로 조금씩 보일 때면 너무나 기뻤습니다. 그제야 비로소 아랫마을의 소식을 들을 수 있었으니까요. 누가 영세를 받았다든지, 누가 누구랑 결혼을 했다든지 하는 이야기를 듣게 되었습니다. 그러나 무엇보다도 내가 가장 관심을 쏟고 있는 것은 우리 농장 주인집 따님인 스테파네트 아가씨에 관한 얘기를 듣는 일이었습니다.

나는 인근 6킬로미터 주변에서 아가씨보다 더 예쁜 여자를 본 적이 없습니다. 하지만 나는 전혀 관심이 없는 척하면서 아가씨가 파티에 자주 초대받고 야외에도 많이 나가는지, 아가씨를 찾아오는 새로운 남자 친구들이 있는지 등을 항상 알아보았습니다. 누군가 내게 '너 같은 보잘것없는 산속의 양치기 주제에 그런 일들을 알아서 무슨 소용이 있겠느냐?'라고 묻는다면, 나는 이렇게 대답할 것입니다. 그때 내 나이는 스물이었고, 스테파네트 아가씨는 지금까지 내가 본 가장 아름다운 여자였다고 말입니다.

그런데 어느 일요일, 그렇게도 고대하던 보름 치 식량이 오지 않았습니다. 아침에는 '대미사 때문에 늦는 거겠지.'라고 생각했습니다. 정오가 되면서 세찬 소나기가 내렸기 때문에, '길이 좋지 않아서 노새가 출발하지 못하나

보다.'라고 생각했습니다. 오후 3시쯤 되자 하늘이 말끔하게 개고, 온 산이 물기와 햇빛으로 눈부시게 빛났습니다. 나뭇잎에서 떨어지는 물방울 소리와 불어난 시냇물이 흐르는 소리와 함께 드디어 노새의 방울 소리가 들려왔습니다. 그 소리는 부활절에 울리는 교회의 종소리만큼이나 명랑하고 선명하게 들려왔습니다. 그런데 노새를 끌고 나타난 것은 하인 미아로도, 노라드 아주머니도 아니었습니다. 과연 누구였을까요? 바로 우리 스테파네트 아가씨였습니다. 뜻밖에도 우리 아가씨가 버들 바구니 사이에 몸을 곧추세우고 앉아 있었습니다. 소나기가 내린 뒤에 불어오는 시원한 산바람에 아가씨의 뺨은 온통 장밋빛으로 물들어 있었습니다.

아가씨가 말하기를, 머슴아이는 앓아 누웠고, 노라드 아주머니는 휴가를 얻어 자식들 집에 가고 없어서 대신 왔다더군요. 아름다운 스테파네트 아가씨는 노새에서 내리고는 내게 이런 이야기를 들려주면서, 오는 도중에 길을 잃어 늦어졌다는 것까지 이야기해주었습니다. 하지만 머리에 꽂은 꽃 리본과 화사한 레이스가 달린 치마를 차려입은 아가씨는 숲속에서 길을 잃은 사람이라기보다는 어느 무도회에 갔다 오느라 늦은 것처럼 보일 정도로 무척 아름다웠습니다. 오, 귀여운 아가씨! 아무리 오랫동안 쳐다보아도 싫증나지 않을 것 같았습니다.

지금까지 나는 이렇게 가까이에서 아가씨를 본 적이 없었습니다. 겨울이 되면 양떼를 몰고 들판으로 내려가 농장에서 저녁을 먹곤 했는데, 그때마다 아가씨는 언제나 깔끔하게 치장한 채 하인들에게는 좀처럼 말을 건네지 않았습니다. 오히려 조금은 으스대는 표정으로 새침하게 지나가버리곤 했습니다. 그런데 바로 그 아가씨가 지금 내 앞에 이렇게 가까이 있는 것입니다. 오직 나만을 위해서. 그러니 내가 어떻게 온전한 정신으로 있을 수 있었겠습니까?

스테파네트 아가씨는 바구니에서 식량을 모두 꺼내고는 호기심 가득한 눈으로 주위를 둘러보았습니다. 그러더니 예쁜 옷이 더러워질 것 같았는지 치맛자락을 들어 올리고는 양 우리 안으로 들어갔습니다. 이어 내가 자는 곳, 양피를 깐 짚방석, 벽에 걸린 커다란 외투, 지팡이, 구식 엽총 등을 둘러보았습니다. 이런 모든 것을 보는 것이 아가씨는 마냥 즐거운 것 같았습니다.

"그러니까 너는 여기서 산단 말이지? 가엾어라! 늘 이렇게 혼자 외롭게 지내면, 정말 따분하겠네! 무엇을 하며 지내니? 무슨 생각을 하면서?"

나는 이렇게 대답하고 싶었습니다.

'당신을 생각하면서요, 아가씨!'

그것이 나의 솔직한 심정이었습니다. 하지만 너무 당황해서 한마디도 못 했습니다. 아가씨는 내 마음을 정확히 알아차리기라도 한 것처럼 짓궂게 질문을 퍼부었습니다. 내가 당황하는 모습이 보고 싶은 것 같았습니다.

"예쁜 여자 친구라도 종종 올라오니? 틀림없이 '황금빛 양'이거나 산꼭대기만을 뛰어다니는 에스테렐의 요정을 보는 것 같겠구나."

하지만 이런 말을 건네며 머리를 뒤로 젖히고, 유령처럼 왔다가 서둘러 가버리는 아가씨야말로, 나에겐 에스테렐 요정처럼 보였습니다.

"잘 있어."

"안녕히 가세요, 스테파네트 아가씨."

그리고 아가씨는 빈 바구니를 들고 떠났습니다.

그녀가 비탈진 오솔길로 사라지는 모습을 보고 있자니, 노새 발굽에 채여 구르는 조약돌 하나하나가 내 심장으로 떨어져 나를 아프게 하는 것 같았습니다. 나는 이 꿈결 같은 시간에서 깨어나는 게 두려워 잠에 취한 듯 꼼짝도 하지 않은 채 석양이 질 무렵까지 그대로 앉아 있었습니다. 저녁이 되면 골짜기는 점점 푸른빛을 띠기 시작하고, 양들은 소리 내어 울고 서로 밀치며 우리로 돌아옵니다. 문득 비탈길에서 나를 부르는 소리가 들리는 것 같았는데, 이게 웬일인가요. 스테파네트 아가씨가 다시 내 눈앞에 나타났습니다.

조금 전의 명랑하던 모습은 온데간데없이 온몸이 물에 흠뻑 젖어 심한 추위와 무서움에 덜덜 떨면서 올라오는 것이었습니다. 소나기로 불어난 산 아래 소르그 강을 건너려다 그만 물에 빠진 모양입니다. 설상가상으로 밤이 된 지금 농장으로 돌아간다는 것은 생각조차 할 수 없는 일이었으니까요. 지름길이 있기는 하지만 아가씨 혼자서 그 길을 찾아 나선다는 것은 도저히 불가능한 일이었습니다. 그렇다고 내가 양 떼를 두고 떠날 수도 없었습니다. 아가씨는 산에서 밤을 보내면 가족들이 걱정할 거란 생각에 안절부절못했습니다. 나로서는 최선을 다해 아가씨를 안심시키는 수밖에 없었습니다.

"지금은 7월이라 밤이 아주 짧아요. 아가씨, 그러니 잠깐만 참으면 돼요."

나는 소르그 강물에 흠뻑 젖은 아가씨의 옷과 발을 말리려고 서둘러 불을 피웠습니다. 그러고는 우유와 양젖 치즈도 가져다주었습니다. 하지만 아가씨는 불을 쬐려고도, 무엇 하나 먹으려 하지도 않았습니다. 금방이라도 눈물이 쏟아질 것 같은 그녀의 눈을 보자 나도 그만 울고 싶은 심정이 되었습니다.

어느덧 밤이 되고 말았습니다. 산등성이에는 태양의 남은 빛마저 사라지고 서쪽 하늘의 뿌연 빛만 남았습니다. 나는 아가씨를 우리 안으로 들여 쉬게 했습니다. 깨끗한 짚 위에 고운 새 모피를 깔아놓고, 아가씨에게 편히 자라는 말을 한 다음 밖으로 나와 앉았습니다. 사랑의 불길이 나의 혈관을 태우는 듯했지만, 불결한 생각은 손톱만큼도 없었다는 것을 하느님은 아실 것입니다. 누추한 우리 안 한구석에서 잠든 아가씨의 모습을 신기하게 쳐다보고 있는 양들 곁에서, 아가씨는 다른 어떤 것들보다도 더 소중하고 순결한 나의 양이 되어, 내 보호 아래 편안히 잠들어 있다는 생각이 나를 아주 뿌듯하게 했습니다. 하늘이 그처럼 아득하고, 별들이 그토록 맑게 보인 적은 없었습니다.

갑자기 양 우리의 빗장이 열리더니 스테파네트 아가씨가 내 앞에 나타났습니다. 아마 잠을 이룰 수가 없었던 모양입니다. 양들이 뒤척이며 지푸라기 소리를 내고, 꿈을 꾸다가 울어대기라도 했나 봅니다. 그래서 아가씨는 차라리 불 곁으로 나오는 편이 낫겠다고 생각한 것 같았습니다.

나는 덮고 있던 염소 모피를 벗어 가냘파 보이는 아가

씨의 어깨에 덮어주고 불을 더욱 활활 타오르게 했습니다. 우리는 아무 말도 하지 않은 채 나란히 앉아 있었습니다.

만약 여러분이 들에서 밤을 보낸 적이 있다면 잘 알고 있을 것입니다. 우리가 잠들어 있는 시간에 또 다른 신비로운 세계가 고독과 적막 속에서 눈을 뜬다는 사실을……. 샘물은 더욱 맑은 소리로 노래하고, 연못에서는 조그마한 불꽃들이 빛을 내며, 모든 산의 요정들은 자유롭게 왔다 갔다 합니다. 그리고 무엇인지 알 수 없는 신비한 소리도 들을 수 있습니다. 어쩌면 그 소리는 나뭇가지가 자라고 풀잎이 돋아나는 소리일지도 모릅니다.

낮이 살아 있는 것의 세상이라면 밤은 죽은 것의 세상입니다. 그런 밤에 익숙하지 못한 사람들은 밤을 두려워하지만……. 그래서 아가씨는 몸을 바들바들 떨며 작은 소리만 들려도 내게 몸을 바싹 붙였습니다. 저 아래 연못에서 우리가 있는 쪽으로 구슬픈 소리가 파도처럼 길게 메아리쳐 왔습니다. 바로 그 순간, 아름다운 유성 한 줄기가 우리의 머리 위에서 소리 나는 쪽으로 지나갔습니다. 마치 조금 전에 들은 구슬픈 소리가 빛을 불러낸 것처럼 말입니다.

"저게 뭐지?"

스테파네트 아가씨가 낮은 목소리로 내게 물었습니다.

"천국으로 들어가는 영혼이래요. 아가씨."

나는 대답하며 성호를 그었습니다.

아가씨도 나를 따라서 성호를 긋더니 잠시 깊은 생각에 빠진 듯 하늘을 바라보았습니다. 그러더니 불쑥 이렇게 묻는 것이었습니다.

"너희 목동들은 마법사라며, 그게 정말이니?"

"그럴 리가 있나요. 하지만 우리 목동들은 별과 더 가까운 곳에서 살고 있으니까 평지에 있는 사람들보다 별에서 일어나는 일들을 더 잘 알고 있답니다."

아가씨는 여전히 하늘에서 시선을 떼지 않았습니다. 한 손으로 턱을 괸 채 모피를 두르고 있는 아가씨의 모습은 마치 하늘나라의 어린 목동처럼 보였습니다.

"별이 정말 많구나! 어쩜 저토록 아름다울까! 이렇게 많은 별은 본 적이 없어! 너는 저 별들의 이름을 알고 있니?"

"물론이죠, 아가씨. 자, 보세요! 바로 우리 머리 위에 있는 것이 '성 자크의 길(은하수)'이죠. 프랑스에서 곧장 스페인으로 통해요. 용감한 샤를마뉴 대제가 사라센 사람들과 전쟁할 때 갈리시아의 성 야곱이 길을 가르쳐주기 위해 그려놓았대요. 그보다 더 멀리 있는 저것은 '영혼의 수레(큰곰자리)'로, 네 개의 바퀴가 반짝인대요. 그 앞에 있는 별 세 개는 '세 마리의 야수', 그 세 번째 맞은 편에 있는 아주 작은 별 보이죠? 그 별은 '마부'라고 해요. 그 주위에 비가 쏟아지듯 흩어져 있는 별들이 보이나요? 저 별들은 하느님께서 당신의 집으로 데려가기를 원하지 않는 영혼들이래요.

그보다 약간 밑에 있는 별은 '쇠스랑', 즉 '삼왕성(오리온)'이고요. 저 별은 우리 목동들에게 시계 역할을 해주지요. 저 별만 봐도 저는 지금 자정이 지났다는 것을 금세 알 수 있어요. 그보다 약간 아래 항상 남쪽에서 빛나는 별이 '장 드 밀랑(시리우스)'인데 하늘의 횃불이라고도 불러요. 저기 저 별에 관해 목동들에게 전해 오는 이야기가 있지요.

어느 날 밤, 장 드 밀랑이 삼왕성과 '닭장(북두칠성)'과 함께 친구별의 결혼식에 초대되었대요. 그런데 닭장은 성질이 너무 급해서 가장 먼저 길을 떠나 위쪽 길로 갔어요. 저것 보세요. 저 위에 하늘 한복판이 보이지요? 삼왕성은 그 아랫길로 질러가서 닭장을 따라 잡았대요. 그런데 게으름뱅이인 장 드 밀랑은 늦잠을 자다가 뒤로 처지고 말았죠. 화가 난 장 드 밀랑은 두 친구를 멈추게 하려고 지팡이를 던지고 말았대요. 그래서 삼왕성을 '장 드 밀랑의 지팡이'라고도 불러요.

하지만 모든 별 중에서 가장 뛰어난 별은 다름 아닌 '목동의 별'이랍니다. 이른 새벽에 양 떼를 몰고 나갈 때, 또 날이 저물어 양 떼를 몰고 들어올 때면 늘 변함없이 우리 앞에서 빛나고 있는 별이지요. 우리는 이 별을 '마글론'이라고도 불러요. 예쁜 마글론은 '프로방스의 피에르(토성)'를 뒤쫓아가서 7년마다 한 번씩 그와 결혼하는 별이래요."

"뭐라고! 그럼 별들도 결혼을 하니?"

"그럼요, 아가씨!"

내가 별들의 결혼이 어떤 것인지 설명하려고 할 때였어요. 나는 문득 무언가 산뜻하고 보드라운 것이 내 어깨 위로 사뿐히 내려오는 것을 느낄 수 있었어요. 잠이 들어 무거워진 아가씨의 머리가 나에게 기대어 온 것이었습니다. 리본과 레이스 그리고 물결 같은 머리카락이 내 어깨에 곱게 닿았습니다.

아가씨는 날이 밝아 하늘의 별들이 희미하게 빛을 잃을 때까지 꼼짝도 하지 않고 그대로 있었습니다. 나는 마음속으로 약간 두근거렸지만, 아름다운 생각만 하게 해 준 맑은 밤의 비호로 잠들어 있는 아가씨의 모습을 지켜볼 수 있었습니다. 우리 주위에는 총총한 별들이 거대한

한 무리의 양떼처럼 조용한 운행을 계속하고 있었습니다. 나의 머릿속엔 몇 번이나 이런 생각이 스쳐 지나갔습니다.

'저 많은 별 중 가장 아름답고 찬란한 별 하나가 길을 잃고 내 어깨에 기대어 잠들어 있는 것이라고……'

풍차 방앗간에서 온 편지

가끔 우리 집에 놀러 와서 밤새 뜨거운 포도주를 마시며 밤을 지새우는 피리 부는 프랑세 마망가라는 영감님이 있습니다. 그 영감이 어느 날 저녁, 내가 지금 들어와 있는 풍차 방앗간에서 일어났던 일, 그러니까 20여 년 전의 일에 대해 이야기해주었습니다. 영감님의 이야기는 무척 감동적이었지요. 그래서 내가 들은 대로 그 이야기를 전해드릴까 합니다. 독자 여러분, 그윽한 향이 나는 포도주 병 앞에서 피리 부는 영감님의 이야기를 듣는다고 상상하며 들어주시기 바랍니다.

선생, 예전에는 우리 마을이 지금처럼 이렇게 활기도 없고 노랫소리 한 번 들을 수도 없는 그런 곳이 아니었다오. 전에는 제분업이 번창해서 사방 40킬로미터 안팎에 사는 농장 주인들이 너도나도 밀을 빻기 위해 수확한 밀을 가지고 이곳에 몰려들곤 했지요. 마을 주변 언덕에는 풍차 방앗간이 많았답니다. 그래서 소나무 숲 너머로 바람에 돌아가는 풍차 날개밖에 보이지 않았지요. 가끔씩 짐을 실은 당나귀 행렬이 길을 따라 오르내리곤 하는 게 보였고요. 일주일 내내 언덕 위에서 들리는 채찍 소리며 풍차 날개가 삐걱대는 소리, 방앗간 일꾼들의 "이랴!" 하는 소리를 듣는 건 정말 즐거운 일이었다오. 주일이 되면 우리는 떼를 지어 방앗간으로 몰려갔지요. 그러면 저 언덕 위 방앗간 주인들이 우리에게 뮤스카 포도주를 대접하곤 했거든요. 레이스 머플러를 두르고 황금 십자가를 가슴에 늘어뜨린 방앗간 여주인들은 여왕처럼 아름다웠죠. 내가 피리를 불면 사람들은 밤늦게까지 파랑돌 춤을 추곤 했어요. 말하자면 풍차 방앗간은 우리 지방의 기쁨과 부를 모두 가져다주었던 거예요.

그런데 불행히도 파리에서 온 사람들이 타라스콩으로 가는 큰 길가에다 수증기로 돌아가는 증기 제분 공장을 짓는다지 뭡니까. '새로운 건 다 좋다.'라는 속담이 있듯이, 이제 사람들은 밀을 빻으러 제분 공장으로 향했답니다. 그래서 가엾은 풍차 방앗간들은 일거리를 잃게 되었지요. 얼마 동안 풍차 방앗간은 파리 사람들에게 대항해

보려고 했지만 결국에는 증기 제분 공장의 힘이 워낙 막강했기 때문에 아쉽게도 하나둘 문을 닫게 되었어요. 그 때문에 더 이상 당나귀가 밀을 싣고 오는 것도 볼 수 없었고……. 아름다웠던 방앗간 여주인들은 자신들의 황금 십자가와 보석을 팔아야만 했어요. 물론 뮤스카 포도주도 사라졌고……. 파랑돌 춤도 볼 수 없게 되었지요. 북풍이 아무리 세차게 불어와도 풍차들의 날개는 더 이상 움직이지 않게 되었다오. 그러다가 결국 마을 사람들은 오래된 방앗간들을 헐어버리고 그 자리에 포도나무와 올리브나무를 심어버렸지요.

그런데 이런 제분 공장의 텃세 속에서도 꿋꿋이 견뎌 낸 풍차 방앗간이 있어요. 그 풍차 방앗간은 제분 공장을 무시한 채 언덕 위에서 용감하게 돌아갔다오. 그것이 바로 코르니유 영감님의 방앗간이지요. 바로 우리가 앉아서 이야기를 나누고 있는 이 풍차 방앗간이라오.

코르니유 영감은 늙은 제분업자였는데 자기 일에 열성적이었어요. 60년 전부터 밀가루 속에 파묻혀 살았는데 그 상황을 보자 그만 분통이 터져버렸죠. 제분 공장이 들어서자 그는 미치광이처럼 변했어요. 일주일 동안 그는 온 마을을 누비고 다니며 이웃 사람들을 설득했지요. 제분 공장 업자들이 밀가루로 프로방스 지방 사람들을 독살하려 한다고 고함을 치면서 말이오.

"거기 가선 안 돼! 그 나쁜 놈들은 빵을 만들 때 악마가 발명한 수증기를 사용한단 말이오. 나는 하느님의 숨결인 북서풍과 북풍만을 이용하는데 말이야."

이렇게 그는 풍차 방앗간을 찬양하는 아름다운 문구를 찾아내 열심히 설득했지요. 하지만 그의 말에 귀를 기울이는 사람은 아무도 없었어요.

머리끝까지 화가 난 코르니유 영감은 자기 방앗간에 홀로 틀어박혔지요. 심지어 손녀딸 비벳트까지도 자기 곁에 두려고 하지 않았다오. 부모를 잃은 열다섯 살 소녀에겐 오로지 그분밖에 없었는데도 말입니다. 가엾은 소녀는 어쩔 수 없이 혼자 생계를 해결하기 위해 여기저기 농가를 전전하며 포도송이나 올리브 열매를 따는 품팔이로 먹고살아야 했지요. 하지만 영감님은 손녀를 극진히 사랑하는 것 같긴 했어요. 그는 햇볕이 쨍쨍 내리쬐는 날에도 손녀를 만나러 16킬로미터를 걸어가기도 하고, 손녀의 곁에서 하염없이 울면서 몇 시간씩 바라보기도 했다오.

하지만 마을 사람들은 늙은 방앗간 주인이 인색하고 고약해서 비벳트를 내보낸 줄로만 알았죠. 그렇지만 이 농장 저 농장을 전전하며 일꾼들에게 학대를 당하고, 잘

사는 집 젊은이들에게 천대받는 어린 손녀딸을 보는 것은 그에게 무척 가슴 아픈 일이었을 게요. 코르니유 영감은 그래도 이 지방에서 존경을 받아온 사람이었는데, 이제 찢어진 허리띠를 매고 구멍 뚫린 모자에 맨발로 집시처럼 돌아다니니 사람들 눈에 그다지 좋은 인상으로 비칠 리 없었겠지요.

주일날 그가 미사에 참여하러 성당으로 들어오는 것을 볼 때면 우리 늙은이들까지 수치스러울 정도였어요. 코르니유 영감도 그 분위기를 느꼈는지 더 이상 앞자리에 앉으려 하지 않았다오. 그는 항상 성당 문 옆 성수 그릇 가까이, 가난한 사람들 옆에 앉아 있곤 했지요.

그런데 코르니유 영감의 일상에는 뭔가 석연치 않은 점이 있었다오. 벌써 오래전부터 이 마을에서는 아무도 그에게 밀을 맡기지 않았는데도, 그의 풍차 날개는 여전히 빙글빙글 돌아가고 있었거든요. 마을 사람들은 저녁이면 영감이 밀가루가 든 커다란 포대를 실은 당나귀를 앞세우고 가는 것을 볼 수 있었다오.

"안녕하세요, 코르니유 영감님! 방앗간 일은 여전히 잘 돼가나요?"

농부들이 큰 소리로 물으면 그는 쾌활한 목소리로 대답하곤 했다오.

"여전하지 뭐, 고맙게도 일거리가 이어지고 있다네."

그래서 도대체 어디서 그렇게 일거리가 생기느냐고 물어보면, 그는 손가락을 입에 대며 진지하게 대답하곤 했어요.

"쉿! 난 수출하는 일을 하고 있다네……."

그러면 그 이상 물어볼 수가 없었지요. 그의 방앗간을 들여다본다는 것은 감히 상상조차 할 수 없는 일이었으니까요. 손녀인 비벳트조차도 그 안으로는 들어갈 수 없었거든요.

사람들이 그 앞을 지나가다 보면 방앗간 문은 항상 잠겨 있는 것을 볼 수 있었는데, 커다란 풍차 날개는 여전히 돌아가고 있었지요. 늙은 당나귀는 마당에서 풀을 뜯고 있고, 뼈만 앙상한 고양이 한 마리가 창가에 앉아 햇볕을 쬐며 사나운 눈초리로 지나가는 사람들을 쳐다보곤 했다오.

이 모든 것이 그에게 이상한 비밀이 있다고 의심하게 했지요. 사람들은 말이 많았어요. 제각각 자기 멋대로 코르니유 영감의 비밀을 알아내려 했지요. 사람들이 입을 모아 말한 것은, 영감님의 방앗간 안에 밀가루 포대보다 더 많은 금화 포대가 들어 있을 것이라는 소문이었소.

그러나 결국 모든 것이 백일하에 드러나는 날이 오고 말았지요. 그 사연인즉 이렇다오.

내 피리 소리에 맞춰 젊은이들이 춤을 추었던 어느 날 우리 큰아들과 비벳트가 서로 사랑하는 사이라는 것을 눈치채게 되었다오. 사실 나는 그다지 싫지 않았어요. 코르니유라는 이름은 그래도 우리 고장에선 어느 정도 명성이 있었고, 또 여쁜 참새 같은 비벳트가 우리 집 안에서 분주히 걸어 다닐 것을 생각하면 기쁘기까지 했으니까요. 다만 이 두 젊은 연인이 함께 있는 시간이 너무 많았기 때문에 혹시 불미스러운 일이 일어나지는 않을까 염려되어 그들의 일을 되도록 빨리 마무리 짓고 싶었어요. 그래서 코르니유 영감과 의논하려고 방앗간까지 올라갔다오.

아, 그런데 못된 영감 같으니라고! 그 영감이 어떤 식으로 날 맞았는지 아오? 글쎄, 문조차 열어주지 않았다오. 그래서 나는 열쇠 구멍을 통해 여기까지 찾아온 이유를 대충 설명했어요. 내가 이야기하는 동안 그 영감은 말라빠진 고양이처럼 내 머리 위에서 숨을 할딱대었지요.

그런데 늙은이는 내 말을 끝까지 듣지도 않았다오. 가서 피리나 불라며 쫓아버리지 뭐요. 그리고 아들을 그렇게 급히 장가보내고 싶거든 제분 공장에나 가서 색싯감을 구하게 하라면서. 이런 욕설을 듣고 얼마나 화가 날지 한번 상상을 해보시오. 하지만 사리분별을 할 줄 알았던 나는 겨우 화를 참고 그 미친 영감을 방앗간에서 혼자 내버려둔 채 돌아왔소. 그리고 두 젊은 애들에게 실패한 사실을 알려 주었다오. 하지만 가엾은 애들은 그 소식을 차마 믿을 수 없었던 모양이오. 둘이 함께 가서 다시 한 번 얘기해보겠다고 졸라댔지요. 그런 간청을 나는 차마 거절할 수가 없었다오. 연인은 서둘러 집을 나섰지요.

그들이 언덕에 다다랐을 때는 코르니유 영감이 막 외출한 후였어요. 문은 이중으로 단단히 잠겨 있었는데 늙은 영감이 외출하면서 밖에 놓아둔 사다리를 그대로 세워둔 모양이었소. 그래서 애들은 창문을 넘어 들어가 그 유명한 방앗간 안에 과연 무엇이 있는지 보고 싶은 생각이 들었지요.

그런데 이상도 하지. 놀랍게도 방앗간 안은 텅 비어 있더랍니다. 포대 한 자루, 밀 한 톨도 없었다더군요. 벽에는 밀가루의 흔적은커녕 거미줄이 있었고, 여느 방앗간에서나 풍겨 나오는 구수한 밀 냄새조차 맡을 수 없었다더군요. 방아 구동축에는 먼지만 쌓여 있었고 야윈 고양이가 그 위에서 잠들어 있었다는 거요.

그 아랫방도 초라하게 버려져 있기는 마찬가지였다더

군. 누추한 침대와 누더기 몇 벌, 계단 위를 굴러다니는 빵 조각이 전부였고, 한구석에 놓인 서너 개의 포대 틈에서는 썩은 빵 부스러기와 함께 흰 모래와 석회 가루가 쏟아져 나와 있었다는 거요.

그것이 바로 코르니유 영감의 비밀이었다오! 영감님은 풍차 방앗간의 명예를 위해, 아직도 여기서 밀가루를 만드는 것처럼 믿게 하기 위해, 저녁마다 이 석회 가루가 든 포대를 끌고 다녔던 것이라오. 가엾은 풍차 방앗간! 가엾은 코르니유! 이미 오래전에 제분 공장은 그들에게서 마지막 일을 빼앗아가버렸던 거요. 풍차 날개는 여전히 돌고 있었지만, 빈 방아만 돌아가고 있었던 거지요.

두 연인은 눈물을 흘리며 돌아와서는 자신들이 보고 온 것을 모두 이야기해줬어요. 나도 그 이야기를 들으며 가슴이 미어지는 것 같았다오. 나는 잠시도 지체하지 않고 마을 사람들에게 달려가 이 사실을 알렸다오. 우리는 즉시 집 안에 있는 모든 밀을 코르니유 영감의 방앗간으로 가져가야 한다고 설득했지요. 일은 일사천리로 진행되었지요. 마을 사람들은 당장 발 벗고 나서주었어요. 진짜 밀을 실은 당나귀 행렬과 함께 우리는 방앗간에 다다랐지요.

그런데 방앗간은 활짝 열려 있었어요. 코르니유 영감

은 문 앞의 석회포대 위에 앉아 두 손에 얼굴을 파묻은 채 울고 있었다오. 자기가 자리를 비운 동안 누군가 방앗간에 침입했었다는 것과 이제 자신의 슬픈 비밀이 드러나고 말았다는 사실을 알아챘던 것이지요.

"처량한 내 신세!"

그가 말했소.

"이젠 죽어버릴 수밖에! 내 방앗간을 이렇게 욕보이다니."

그러고는 마치 살아 있는 사람에게 말하듯이 방앗간에 있는 모든 물건의 이름을 하나하나 부르며 무척이나 슬프게 울었다오.

이때 당나귀들이 마당에 도착했어요. 우리는 모두 풍차 방앗간의 전성기에 그랬던 것처럼 함께 목청을 돋우어 소리쳤어요.

"어이! 방아야! 어이! 코르니유 영감님!"

곧 문 앞에 포대가 쌓이고 붉은 밀알들이 사방에서 땅으로 쏟아져 내렸다오. 코르니유 영감의 눈이 휘둥그레졌소. 그는 주름진 손으로 밀을 집으면서 웃다가 울다가 어쩔 줄 몰라 했다오.

"밀이구먼! 어이구, 하느님! 진짜 밀, 어디 좀 똑똑히 보자."

그리고 우리를 돌아보며 말했어요.

"아! 당신들이 내게 돌아올 줄 이미 알고 있었소. 글쎄, 그 제분 공장 놈들은 모두 도둑놈들이라니까."

우리는 개선장군처럼 그를 데리고 마을로 내려가려고 했어요. 그러자 그는 이렇게 말했어요.

"아니오, 아니오, 무엇보다도 먼저 내 방아에 먹을 것을 줘야 돼요. 생각해봐요. 입안에 아무것도 넣지 못한 채 굶은 지가 얼마나 오래됐는지 모르오!"

우리는 이 가련한 영감이 좌우로 뛰어다니며 밀 포대를 열고 방아를 돌보는 모습을 애처로운 눈으로 바라보았지요.

밀알이 부서지고 고운 밀가루가 천장으로 날아올랐어요.

이날부터 우리는 풍차방앗간 늙은 영감에게 절대로 일이 떨어지지 않도록 했어요.

그러던 어느 날 아침 코르니유 영감은 세상을 떠나버렸지요. 그리고 우리 마을의 마지막 풍차 방앗간의 날개도 멈추었지요. 이번에는 영원히 말이오. 코르니유 영감이 죽은 후 아무도 그의 뒤를 이으려 하지 않았기 때문이지요.

어쩌겠소, 이 세상의 모든 것에는 종말이 있기 마련이라오. 풍차 방앗간 시절도 거룻배가 론 강을 떠다니던 시

절처럼, 제후 회의나 또는 커다란 꽃무늬 웃옷을 입던 시
절처럼 이젠 지나가버렸다고 생각해야겠지요.

아를의 여인

내가 있는 풍차 방앗간에서 내려와 마을로 가다 보면, 길가에 서 있는 농가 하나를 지나게 됩니다. 농가의 널 따란 안마당 구석에는 팽나무들이 심겨 있습니다. 그 집 은 붉은 기와집인데, 갈색의 널따란 건물 정면에는 창문 들이 불규칙하게 열려 있었어요. 또 맨 위에는 바람개비, 건초를 끌어올리기 위한 도르래 그리고 건초 덤불이 삐 쭉삐쭉 나와 있었지요. 바로 프로방스의 지주 집이었습 니다.

왜 이 집이 나에게 그토록 강한 인상을 주었을까요? 굳게 닫혀 있는 대문이 어째서 내 가슴을 조이곤 했을까 요? 그 이유를 딱히 말할 수는 없지만 그 집은 왠지 날 오싹하게 했지요. 집 주위는 너무도 조용했습니다. 개들 은 사람이 지나가도 짖지 않았고, 뿔닭들도 울지 않은 채 달아나기 바빴습니다. 물론 안에서는 아무 소리도 나지 않았고요! 그야말로 아무 소리도, 노새의 방울 소리조차 나지 않았어요. 창문에 드리워진 하얀 커튼이나 지붕 위로 올라오는 연기마저 없었더라면, 사람들은 이곳에 아무도 살지 않는다고 생각했을 것입니다.

어제 정오를 알리는 종소리가 울릴 무렵이었습니다. 마을에서 집으로 돌아오던 나는 햇빛을 피하려고 농가의 담을 따라 그늘 속을 걷고 있었습니다. 농가 앞길에서는 하인들이 묵묵히 수레에 건초 싣는 일을 끝마치고 있었지요. 문은 열려 있었어요. 내가 지나가면서 한번 슬쩍 쳐다보니 뜰 저 안쪽에서 큰 석판 위에 팔꿈치를 괴고 있는 어느 키 큰 백발노인이 보였어요. 노인은 지나치게 짧은 윗옷에 누더기 바지를 입고 있었어요. 나는 걸음을 멈췄지요. 그러자 하인 중 한 사람이 조용히 내게 말했어요.

"쉿! 저희 주인장이오. 아들을 잃고 난 뒤부터 저래요."

그때 검은 옷을 입은 한 여인과 소년이 금박을 입힌 큰 기도서를 들고 우리 옆을 지나 농가로 들어가더군요.

그 하인이 덧붙여 말했습니다.

"미사에서 돌아오는 안주인과 작은아들이라오. 장남이 자살한 뒤로는 매일 미사에 가지요. 아! 얼마나 슬픈 일입니까! 그 아버지는 아직도 죽은 자식의 옷을 입고 있는 거예요. 아무도 그걸 벗게 할 수는 없지요. 이랴! 이랴!"

마차가 떠나기 시작했지만 그 얘기에 대해 좀 더 알고 싶었던 나는 마차꾼에게 곁에 올라타게 해달라고 부탁했습니다. 그리고 바로 그 마차의 건초 더미 위에서 이 슬픈 얘기를 마저 들을 수 있었습니다.

죽은 아들은 '장'이라고 했습니다. 여자애처럼 얌전했지만, 밝은 얼굴을 한 스무 살의 훌륭한 농부였답니다. 그는 아주 잘생겼기 때문에 여자들의 시선을 받곤 했지만, 그의 머릿속에는 오직 한 여자밖에 없었대요. 그녀는 바로 아를의 리스 가에서 단 한 번 만난, 레이스가 달린 빌로드로 한껏 차려입은 아를의 아가씨였어요.

농가에서는 처음부터 이 관계를 달갑게 여기지 않았습니다. 왜냐하면 그녀는 이미 헤프다는 소문이 나 있었고, 그녀의 부모 또한 이 지방 사람들이 아니었으니까요. 그러나 장은 어떻게 해서든지 아를의 아가씨를 차지하고 싶어 했어요. 그는 이렇게까지 말했답니다.

"그녀를 얻지 못할 바엔 난 차라리 죽어버리겠어요."

그가 원하는 대로 해야만 했어요. 양가 부모는 할 수 없이 추수 후에 그들을 결혼시키기로 결정했지요.

그러던 어느 일요일 저녁, 농가의 뜰에서 가족 만찬이 열렸어요. 그 만찬은 결혼 피로연이나 다름없었지요. 약

혼녀는 참석하지 않았지만 모두가 그녀를 위해 건배했답니다. 그때 한 청년이 문 앞에 나타나 떨리는 목소리로 주인 에스테브 영감과 둘이서만 이야기할 수 있느냐고 물었습니다.

"영감님, 영감님은 지금부터 2년 동안이나 내 정부로 있었던 방종한 여자와 아드님을 결혼시키려 하고 계십니다. 제가 지금 말씀드리는 것은 모두 사실입니다. 여기 편지들이 있어요! 그녀의 부모님도 이미 다 알고 계세요. 그리고 제게 그 여자를 주기로 약속했어요. 그런데 영감님의 아드님이 그 여자와 만난 이후론 여자도 부모도 절 상대해주지 않는군요. 그래도 전 이런 그녀가 다른 남자의 여자가 될 수는 없다고 생각해요."

에스테브는 그 편지들을 보고는 이렇게 말했습니다.

"알겠소! 들어와서 포도주나 한잔하고 가시오."

그러자 청년이 대답했습니다.

"감사합니다만, 저는 목이 마르기보다는 너무 슬픕니다."

그리고 그 청년은 가버렸답니다.

아버지는 태연히 들어와서는 자리에 다시 앉았어요. 그리고 식사는 즐겁게 끝났습니다.

그날 저녁, 에스테브와 그의 아들은 함께 들로 나가 오랫동안 머물렀습니다. 어머니는 그들이 되돌아올 때까지 기다리고 있었습니다.

"여보, 이 애를 안아주구려. 마음이 많이 아플 거요."

에스테브는 아들을 부인 곁에 데려다주며 말했어요.

그날 밤 장은 밤새 흐느꼈다고 합니다. 여전히 그녀를 사랑했던 겁니다. 그녀가 다른 사람의 여자라는 것을 알게 된 후에도 어느 때보다 더 사랑했어요. 다만 자존심이 너무 강해서 아무 말도 하지 않은 것뿐이었지요. 바로 그점이 그를, 가엾은 그를 죽게 했던 이유였답니다.

그는 어떤 때는 며칠을 한구석에서 꼼짝도 하지 않은 채 보냈답니다. 또 어떤 날은 열을 내서 밭일을 하더니, 열 사람의 인부가 할 일을 혼자서 해치우기도 했답니다. 저녁이 되면 그는 아를의 길로 접어들어 석양이 마을의 가느다란 종루를 비출 때까지 똑바로 걸어가곤 했어요. 하지만 거기까지만 가고는 이내 되돌아왔답니다. 그리고 절대로 더 멀리 가지 않았다고 해요.

농가의 식구들은 항상 외롭고 슬프게 있는 그를 그저 바라볼 뿐 어찌할 바를 몰랐어요. 어떤 불행이 다가오지는 않을까 의심하기도 했지요. 한번은 식탁에서 그의 어머니가 눈에 눈물이 가득 차 있는 그를 보면서 이렇게 말했어요.

"내 말 좀 들어봐라, 장. 네가 그렇게 그 아가씨를 원한다면 네가 원하는 대로 해주마."

에스테브는 아내의 말에 아무런 말없이 그저 수치스러움에 얼굴을 붉히며 고개를 숙였어요.

장은 그러고 싶지 않다고 말하고는 밖으로 나가버렸어요.

그날부터 장은 항상 명랑한 척하며 부모님을 안심시키기 위해 노력했지요. 그는 무도회에도, 카바레에도 다시 모습을 나타냈어요. 퐁비에이유에서는 파랑돌 춤을 추어 사람들의 관심을 끌기도 했어요.

아버지는 그가 이제 괜찮아진 거라고 생각했지요. 하지만 어머니는 여전히 염려하며 어느 때보다도 그를 주의 깊게 보았지요. 장은 동생과 함께 양잠실 바로 옆에서 잠을 잤어요. 어머니는 그들의 방 옆에 자신의 침대를 하나 마련했어요. 그러고는 밤에도 누에를 돌볼 필요가 있다고 핑계를 댔답니다.

얼마 후 지주들의 수호신 성 엘루아의 축제가 다가왔습니다. 농가에는 기쁜 잔치였지요. 모두가 마실 수 있는 샤토뇌프와 마치 비라도 퍼붓듯 많은 포도 시럽이 있었지요. 또 불꽃을 터뜨리는 소리가 들리고, 마당에는 모닥불이 타오르고 오색등이 팽나무에 가득 매달려 있었습니다. 성 엘루아 만세! 사람들은 파랑돌 춤을 실컷 췄습니다. 동생은 실수로 새 작업복을 태우기도 했어요. 장도 만족스러워 보였고요. 그는 그의 어머니에게 춤추기를 권했어요. 가여운 그녀는 행복에 겨워 울었답니다.

자정이 되자 사람들은 모두 자러 갔어요. 다들 몹시 피곤했던 것이지요. 하지만 장은 자지 않았어요. 나중에 동생이 그러는데 그는 밤새도록 흐느껴 울었다고 합니다. 아! 그는 무척 괴로웠던 것이지요.

다음 날 새벽, 어머니는 누가 자기 방을 지나 뛰어가는 소리를 들었답니다. 문득 어떤 예감 같은 게 들었지요.

"장, 너니?"

장은 대답하지 않았어요. 그는 벌써 층계 위로 올라가 있었어요. 어머니는 서둘러 일어났지요.

"장, 어디 가니?"

그는 다락방으로 올라갔어요. 그녀도 그의 뒤를 따라 올라갔어요.

"아들아, 제발!"

그는 문을 닫고 빗장을 걸었어요.

"장, 대답 좀 하렴. 도대체 뭐 하려는 거니?"

그녀는 떨리는 손으로 더듬더듬 문고리를 찾았어요. 그때 창문이 열리고 사람의 몸이 뜰의 포석 위로 떨어지는 소리가 났어요. 그뿐이었습니다.

가엾은 청년은 이렇게 중얼거렸습니다.

"난 그녀를 너무 사랑해…… . 차라리 죽어야겠어…… ."

아! 사람의 마음이란 얼마나 연약한 것인지! 아무리 잊고 싶어도 사랑하는 마음을 끊을 수가 없다는 것, 그것이 사람을 죽일 수 있다는 것은 얼마나 가혹한 일인가요!

그날 아침, 마을 사람들은 에스테브의 농가 쪽에서 들린 비명 소리가 궁금했던 마을 사람들이 몰려들었습니다.

농장 마당에는 이슬과 피로 덮인 돌 탁자 앞에서 옷도 제대로 여미지 못한 채, 죽은 아들을 양팔로 받쳐 들고 울고 있는 어머니가 있었습니다.

마지막 수업

그날 아침 나는 무척 겁이 났습니다. 학교에 지각해서
가 아니었습니다. 아멜 선생님이 분사법에 대해 물어보
겠다고 하셨는데 아는 게 하나도 없었기 때문입니다. 순
간 수업에 빠지고 들판이나 쏘다닐까 하는 생각까지 들
었어요.

그날의 날씨는 몹시 따뜻하고 청명했어요. 숲에서는
티티새 우는 소리가 들려왔고, 제재소 뒤편의 리페르 초
원에서는 프러시아 병사들이 훈련하는 소리가 들려왔어
요. 이런 모든 것이 분사의 규칙보다도 훨씬 더 나를 유
혹했어요. 하지만 나는 꾹 참고 학교를 향해 급히 달려
갔지요.

면사무소 앞을 지나면서, 나는 공고가 나붙은 작은 철
책 주변에 사람들이 모여 있는 것을 보았어요. 2년 전부

터는 모든 나쁜 소식, 즉 패전이니 징병이니, 독일 사령부의 명령이니 하는 것들이 우리에게 전달된 곳이 바로 그곳이었거든요. 그래서 나는 멈추지 않고 그냥 지나치면서 '또 무슨 일일까?' 하고 생각했어요.

내가 달음질치며 광장을 가로질러 가는데, 대장장이 바쉬테르 아저씨가 그의 견습공과 함께 게시판을 읽고 있다가 나에게 큰 소리로 말했어요.

"얘야, 그렇게 서둘지 마라. 지각은 하지 않을 테니까!"

나는 그가 나를 놀리는 거라고 생각했어요. 그러고는 숨을 헐떡이며 아멜 선생님이 계시는 학교 안마당에 들어섰지요.

평소 수업이 시작될 때는 항상 한길까지 들릴 정도로 몹시 떠들썩했어요. 책상을 열었다 닫았다 하는 소리, 더 잘 외우려고 귀를 틀어막은 채 모두 함께 큰 목소리로 반복해 읽는 소리, 선생님이 커다란 자로 탁자를 치며 "조용히!" 하고 말하는 소리 등으로 북새통을 이루곤 했으니까요.

나는 이런 틈을 타 아무도 모르게 내 자리에 가 앉을 생각이었어요. 그런데 그날은 마치 일요일 아침처럼 너무나 조용했어요. 열린 창문 너머로 친구들이 제자리에 차분히 앉아 있는 모습과 아멜 선생님이 무시무시한 쇠자를 팔 밑에 끼고 왔다 갔다 하는 모습이 보였어요. 나는 이 고요함 속에서 교실 문을 열고 들어가야만 했어요. 내가 얼마나 새빨간 얼굴이 되었을지, 내 마음이 얼마나 조마조마 했을지를 여러분도 짐작할 수 있을 거예요.

그런데 걱정했던 일은 없었답니다. 아멜 선생님은 나를 보고는 화도 내지 않고 매우 부드럽게 말씀하셨어요.

"네 자리에 가서 앉거라. 프란츠, 하마터면 너를 빼놓고 수업을 시작할 뻔했구나."

나는 의자를 성큼 뛰어넘어 곧장 내 책상에 가 앉았어요. 두려운 마음이 조금 가라앉았을 때, 나는 선생님이 장학관이 오는 날이나 상장 수여식 날에만 입고 오는 고운 초록색 프록코트에 잘게 주름 잡힌 가슴 장식을 달고, 수놓인 검은 비단 모자를 쓰고 계시다는 것을 알아차렸어요. 게다가 교실 전체가 묘하게 엄숙한 분위기였어요. 그러나 나를 가장 놀라게 한 것은 마을 사람들이 교실의 맨 안쪽에, 평소에는 비어 있는 의자에 우리처럼 조용히 앉아 있었다는 것이었어요. 삼각모를 손에 든 오제 할아버지, 전 면장, 전 우편배달부 그리고 그 밖의 많은 사람이 있었어요. 사람들은 모두 슬퍼 보였어요. 그리고 오제 씨는 가장자리가 닳아빠진 낡은 초등 교과서를 가져와 무릎 위에 펼쳐 들고 있었는데, 그 위엔 큼직한 안경이 비스듬히 놓여 있었어요.

내가 이 모든 것에 놀라고 있는 동안 아멜 선생님은 교단 위로 올라가시더니, 나를 맞이했을 때와 같이 부드럽고 근엄한 목소리로 말씀하셨어요.

"여러분, 오늘이 내가 가르치는 마지막 수업입니다. 베를린으로부터 알자스와 로렌 지방의 학교에서는 이제부터 독일어만 가르치라는 명령이 내려왔습니다. 새로운 선생님이 내일 오실 겁니다. 오늘은 여러분의 마지막 프랑스어 수업이겠군요. 열심히 들어주기를 바랍니다."

이 몇 마디의 말에 나는 큰 충격을 받았습니다. 아아! 비열한 작자들, 면사무소에 공고해두었던 내용은 바로 이것이었군요.

마지막 프랑스어 수업이라니……. 이제야 겨우 프랑스어를 쓸 줄 알게 되었는데! 그럼 이제 영영 배울 수 없단 말인가? 여기서 멈춰야만 한다니……. 그동안 헛되이 보낸 시간이 얼마나 후회스럽던지, 새집을 찾아 뛰어다니거나 사아르 강에서 얼음을 지치느라 빼먹었던 수업들, 조금 전까지만 해도 그토록 권태롭게 느껴지고, 그토록 들고 다니기에 무겁게만 느껴지던 내 책들, 문법책, 성스런 역사책, 그 모든 것이 헤어지기엔 너무나 가슴 아픈 오랜 친구처럼 느껴졌어요. 그것은 아멜 선생님도 마찬가지였어요. 그가 이제 떠나리라는 생각에, 다시는 그를 보지 못하리라는 생각에 벌받던 일도, 자로 두들겨 맞던 일도 까맣게 잊어버리고 말았어요.

불쌍한 선생님!

저렇게 차려입은 것도 이 마지막 수업에 경의를 표하기 위한 것이었구나. 그제야 나는 마을 어른들이 교실에 앉아 계신 이유를 이해할 수 있었어요. 그들은 학교에 좀 더 자주 와보지 못했던 것을 후회하고 있는 것 같았어요. 또한 40년간 훌륭한 봉사를 하신 선생님께 감사하고, 동시에 떠나가는 우리의 조국에 경의를 표하려는 것 같았어요.

생각이 거기까지 이르렀을 때 내 이름이 불리는 것을 들었어요. 내가 외운 것을 읽을 차례였어요. 이런 날 분사 규칙을 소리 높이 낭랑하게 하나도 틀리지 않고 죽 외울 수만 있다면! 그러나 나는 첫마디부터 혼돈을 일으켰고 가슴이 터질 듯 슬퍼서 감히 얼굴도 들지 못한 채 자리에서 몸을 흔들며 서 있었어요. 그때 아멜 선생님은 이렇게 말씀하셨어요.

"프란츠, 너를 꾸짖진 않겠다. 너는 충분히 벌을 받은 셈이니까. 그건 바로 이런 것이란다. 날마다 이렇게 말하곤 했겠지. '까짓것! 시간은 얼마든지 있으니까 내일 외우지 뭐.' 그래서 어떤 일이 일어났는지는 네가 보는 대로다. 아! 교육을 뒤로 미룬 것은 우리 알자스의 커다란 불행이었다. 이젠 그들(프러시아인들)이 우리에게 '뭐라고! 너희들이 프랑스인이라고 우겼지. 그런데도 너희들은 너희 나라말을 읽을 줄도 쓸 줄도 모른단 말이냐!'라고 한들 뭐라 답하겠니? 가엾은 프랑츠, 하지만 제일 큰 죄를 지은 것은 너뿐만이 아니란다. 우리 모두 스스로에게 해야 할 비난의 몫을 갖고 있는 거야.

너희 부모님들은 너희들을 교육시키는 데 별로 열의가 없었어. 몇 푼이라도 더 벌려고 너희들을 둘이나 학교보다 공장에 보내기를 더 좋아했지. 나 역시 비난할 것이 전혀 없을까? 공부를 시키기보다는 정원에 물을 더 자주 뿌리게 하지는 않았는지……. 또 송어 낚시를 가고 싶을 때는 서슴지 않고 너희들에게 자율 학습을 시켰고."

이어서 아멜 선생님은 우리에게 프랑스어에 대해 말씀해주셨어요. 프랑스어는 세상에서 가장 아름답고 가장 분명하며 확고한 언어라고 하셨어요. 그리고 이 언어를 우리 마음속에 간직하고 절대로 잊어서는 안 된다고 말씀하셨어요. 왜냐하면 어느 민족이 노예가 되더라도 자기 나라말을 잘 간직하고 있는 한, 마치 감옥의 열쇠를 쥐고 있는 것과 다름없기 때문이라고 하셨어요. 그러고 나서 문법책을 들고 다음 배울 것을 읽어주셨어요. 그때 나는 얼마나 이해가 잘되던지 스스로도 놀랄 정도였어요. 선생님이 하시는 모든 말씀이 내게는 쉽게, 아주 쉽게 여겨졌거든요. 또한 지금까지 내가 그토록 열심히 들은 적도, 선생님이 그만큼의 참을성을 보이신 적도 결코 없었던 것처럼 생각되었어요. 저 가엾은 분은 마치 떠나기 전에 자기가 알고 있는 모든 지식을 한꺼번에 우리 머릿속에 넣어주려고 하는 것 같았어요.

그다음은 쓰기 수업으로 넘어갔어요. 아멜 선생님은 우리를 위해 새 글씨본을 준비하셨는데, 그 위엔 아름답고 둥근 글씨체로 '프랑스, 알자스, 프랑스, 알자스'라고 써 있었어요. 그것은 마치 작은 깃발들이 우리 책상의 가로대에 매달려 교실 가득히 펄럭이고 있는 듯 보였어요. 모두가 얼마나 열중하고 있었는지 정말 놀랄 만한 일이었어요. 게다가 또 얼마나 조용했는지! 종이 위에서 사각거리는 펜 소리 외에는 아무것도 들리지 않았어요. 한순간 풍뎅이들이 날아들어 왔지만 아무도 그것에 주의를 기울이지 않았어요. 아주 어린아이들까지도 정성들여 획을 긋는 데 여념이 없었어요. 학교 지붕 위에서는 비둘기들이 나지막하게 구구거리며 울고 있었어요. 그 소리를 들으면서 나는 생각했어요.

'이제 저 비둘기들에게도 독일어로 노래하라고 강요하지는 않을까?'

이따금 내가 눈을 들어보면 아멜 선생님이 강단에 가만히 서서 마치 자신의 눈 속에 이 작은 학교의 모든 것을 담아가기라도 하려는 듯이 주위의 사물들을 응시하고 계신 것을 볼 수 있었어요. 생각해보세요! 40년 전부터 그는 언제나 같은 장소에 있었어요. 맞은편에 있는 학교 마당과 항상 똑같은 그의 교실과 더불어, 걸상이며 책상들이 단지 오랫동안 문질러져 반들거릴 뿐 옛날 그대로였으니까요. 학교 마당의 호두나무는 크게 자랐고, 그가 손수 심은 호프 넝쿨은 이제 지붕까지 자라나 창문을 장식하게 되었어요. 이런 모든 것으로부터 떠나야 한다는 생각과 여동생이 위층 방에서 짐을 꾸리느라 왔다 갔다 하는 소리를 듣는 일이 이 가엾은 분에게 얼마나 가슴 아픈 일일까요! 그들은 내일이면 떠나야 합니다. 이곳을 떠나 영원히……

그래도 그는 끝까지 수업을 계속했어요. 쓰기 수업 다음에는 역사 수업으로 이어졌어요. 그리고 학생들은 '바, 베, 비, 보, 브'를 모두 함께 합창했어요. 교실 안쪽에서는 오제 영감님이 안경을 끼고 양손에 초등 교과서를 든 채 한 자 한 자 떠듬거리며 읽고 있었어요. 그분 또한 열심인 것을 볼 수 있었어요. 그의 목소리는 감정이 복받치는지 떨리고 있었는데, 그 소리가 너무나 이상해서 우리는 웃고 싶기도, 울고 싶기도 했어요. 아! 나는 이 마지막 수업을 잊지 못할 거예요.

그때 갑자기 교회의 종소리가 정오를 알렸어요. 그러고 나서 곧 삼종 기도를 알리는 종소리가 울렸어요. 그와 동시에 훈련에서 돌아오는 프로이센 병사들의 나팔 소리가 교실 창문 밑에서 울려 퍼졌어요. 아멜 선생님은 몹시 창백해진 채 교단에 섰어요. 이제껏 그의 키가 그렇게 커 보인 적은 한 번도 없었답니다.

"여러분⋯⋯. 나의⋯⋯, 나는⋯⋯, 나는⋯⋯."

하지만 무언가가 목에 걸려 그를 숨 막히게 하는 것 같았어요. 그는 끝까지 말을 잇지 못했어요. 그러자 그는 칠판을 향해 몸을 돌리고, 백묵을 쥐고는 온 힘을 다해 가능한 한 크게 무언가를 쓰는 것이었어요.

"프랑스 만세!"

그러고 나서 그는 벽에 머리를 기댄 채 움직이지 않고 그대로 서 있었어요. 그리고 아무 말 없이 손짓으로 우리에게 지시했어요.

"이제 수업이 끝났으니⋯⋯. 돌아가도록."

스갱 씨의 염소

— 파리의 서사시인 피에르 그랭구아르에게

가엾은 친구 그랭구아르, 도대체 자네는 변한 게 없군.
아니! 파리의 저명한 신문사에서 기자 자리를 준다는데
그리도 꿋꿋하게 거절했다며……. 불쌍한 친구, 하지만
네 꼬락서니를 한번 보라고, 그 구멍 뚫린 겉옷에다 찢어
진 바짓가랑이, 배고프다고 아우성치는 바짝 마른 얼굴
을 말이야. 바로 그것이 시를 향한 열정의 대가일세! 그
게 바로 자네가 10년간 충실히 시 쓰기 작업을 한 것에
대한 보상이라고……. 그래, 자넨 정말 부끄럽지 않은가?
  그러니까 바보 같은 짓은 그만두고 기자가 되라고! 이
얼간이 같은 친구야! 그렇게 되면 장미꽃 장식이 박힌 은
화도 벌 수 있고, 브레방 식당에서 언제든 식사할 수도 있

고, 연극 상연 첫날에 새 깃털 모자를 쓰고 갈 수도 있지 않은가.

싫다고? 그런 것은 원치 않는다고? 또 끝까지 자네 멋대로 자유인 행세를 하겠다고 고집을 부리는군. 좋아, 그럼 내가 '스갱 씨의 염소' 얘기를 들려주지. 진짜 자유를 원한 결과가 어떤 것인지 알게 될 거야.

스갱 씨는 자신의 염소들 때문에 단 한 번도 마음이 편한 적이 없었어. 매번 같은 방식으로 염소들을 잃어버리곤 했으니까 말이야. 스갱 씨의 염소들은 매어놓은 밧줄을 끊고 산으로 도망치는 바람에 늑대들에게 잡아먹히곤 했지.

그 염소들은 주인이 어루만져주는 것도 마다하고 늑대에 대한 두려움도 무릅쓰고 도망가려고만 했어. 어떤 대가를 치르더라도 신선한 공기와 자유를 맛보고 싶어하는 독립심 강한 염소들이었던 모양이야.

가축들의 이런 기질을 결코 이해할 수 없었던 순진한 스갱 씨는 매번 낙담해서는 이렇게 말하곤 했지.

"이젠 끝장이야. 염소들은 우리 집이 싫은 모양이야. 난 이제 한 놈도 데리고 있지 못하겠어."

하지만 그는 여섯 마리를 똑같은 방법으로 잃고 나서

도 포기하지 않고 일곱 번째 염소를 샀어. 다만 이번에는 신경 써서 아주 어린놈으로 샀다네. 집에 좀 더 오래 머무르게 해서 잘 길들여보려고 했던 거야.

이보게! 그랭구아르. 스갱 씨의 어린 염소 녀석이 얼마나 예뻤는지 아나? 눈이 아주 순하게 생긴 게 하사관 수염에다가 까맣고 반짝이는 발굽, 줄무늬가 있는 뿔이라니. 게다가 그 녀석에게 외투가 되는 긴 털은 하얗고 아주 예뻤거든! 에스메랄다의 어린 염소만큼이나 매력적이었다네. 생각나나, 그랭구아르? 온순하고 애교 있고, 젖을 짤 때는 움직이지도 않고, 먹이통에 발을 넣는 일도 없었어. 정말 사랑스런 꼬마 염소였는데…….

스갱 씨의 집 뒤편에는 산사나무로 울타리를 친 밭이 있었는데 그곳에 새 식구를 두었다네. 그는 바로 그곳에다 새 기숙생을 집어넣고는 말뚝에 매어놓았어. 풀밭의 가장 좋은 자리에다 줄을 길게 해서 나름대로 배려를 해주었지. 이따금 그놈이 잘 있는지 보러 가곤 했는데, 다행히도 염소는 아주 행복해하며, 맛있게 풀을 뜯어먹는 모습이었기 때문에 그는 매우 기뻐했지. 스갱 씨는 이런 생각까지 하게 되었어.

"드디어 내 집을 지겨워하지 않는 놈이 나타났군."

하지만 그건 스갱 씨의 착각이었어. 그 어린 염소도 지겨워하기 시작했던 거야.

어느 날 염소는 산을 바라보면서 생각했어.

'저 위에 가서 살면 얼마나 좋을까! 수풀이 우거진 숲 속에서 깡충깡충 뛰놀면 얼마나 기쁠까. 목을 조르는 이 저주스런 끈 없이 말이야! 울타리를 친 밭에서 풀을 뜯는 것은 당나귀나 소에게 어울리지, 염소에게는 넓은 곳이 필요하단 말이야.'

이때부터 녀석은 울타리가 쳐진 밭의 풀들이 맛없어지기 시작했던 거야. 그놈에게 지루함이 찾아온 거지. 녀석은 점점 말라갔고 젖도 줄어들었어. 머리는 항상 산 쪽으로 향하고 콧구멍을 벌름거리며 서글프게 "매에……!" 하고 울며 온종일 끈이나 잡아당기는 녀석을 보는 것은 참 마음 아픈 일이었지.

스갱 씨도 자기 염소가 보통 때와 다르다는 것을 눈치 챘지만 그 이유가 뭔지는 딱히 알지 못했어. 그러던 어느 날 아침이었지. 스갱 씨가 녀석의 젖을 다 짜고 났을 때 녀석은 뒤로 돌아서서 그들의 언어로 이렇게 말했어.

"제 말 좀 들어보세요, 스갱 아저씨. 전 아저씨네 집이 너무 지겨워요. 제발 저를 산으로 보내주세요."

스갱 씨는 깜짝 놀라서 이렇게 외쳤어.

"아! 맙소사……. 이놈도 역시 마찬가지였어!"

그 바람에 그는 그만 젖 그릇을 떨어뜨리고 말았어. 그는 사랑스런 염소 곁에 주저앉으며 이렇게 말했어.

"아니, 어떻게 된 거냐, 블랑캣? 너도 내 곁을 떠나고 싶어 하다니!"

그러자 블랑캣이 대답했어.

"네, 스갱 아저씨."

"가엾어라! 여기 풀이 부족한 거냐?"

"오! 아니에요! 주인님."

"줄이 너무 짧아서라면 좀 더 길게 매줄까?"

"그것도 아니에요."

"그럼 어떻게 해줄까? 원하는 게 뭐야?"

"산으로 가고 싶어요, 주인님."

"하지만 이 녀석아, 산에 가면 늑대가 있단 말이야. 늑대가 나타나면 어떡하려고."

"뿔로 받아버릴게요, 주인님."

"늑대한테 네 뿔 따위는 우습단다. 너보다 훨씬 튼튼한 뿔을 가진 염소들도 쉽게 먹어치웠지. 작년에 여기 살았던 불쌍한 염소 르노드를 기억하지? 숫염소만큼이나 힘이 센 사나운 대장 암소였지. 르노드는 밤새도록 늑대와 사투를 벌였지만 결국 아침녘에 늑대에게 잡아먹히고 말았단다."

"저런 가엾은 르노드! 하지만 전 괜찮아요, 스갱 아저씨, 저를 산으로 가게 해주세요."

"오, 맙소사."

스갱 씨는 한탄했다.

"저런……! 대체 우리 염소들에게 무슨 일이 벌어진 거지? 또 한 마리가 늑대에게 잡아먹히게 생겼어. 아니, 안 돼. 네 녀석이 뭐라고 해도 난 너를 구할 거야. 혹시 줄을 끊을지도 모르니 너를 외양간에다 가둬야겠다. 넌 이제부터 계속 거기서 살아야 해."

스갱 씨는 이렇게 말하고 나서 염소를 캄캄한 외양간에 가두어놓고 이중문을 단단히 잠갔다네. 하지만 불행히도 그는 창문이 있다는 사실은 잊었나 봐. 그가 돌아서자마자 꼬마 염소는 달아나버렸지.

자네 지금 코웃음치고 있겠지, 그랭구아르? 아무렴! 난 잘 알지. 자넨 맘씨 좋은 스갱 씨에게 반항하는 염소 편일 테니까. 이제 조금 후에도 자네가 웃을지 두고 보자고.

하얀 염소가 산에 도착했을 때 모두 크게 기뻐했지. 늙은 전나무들도 지금까지 그렇게 예쁜 염소를 본 적이 없었던 거야. 염소는 꼬마 왕비처럼 대접받는 기분이었어.

밤나무들은 가지 끝으로 염소를 쓰다듬어주느라 납작 엎드렸고, 금잔화들은 염소를 위해 길을 열어주며 자신들이 낼 수 있는 가장 좋은 향기를 내뿜었지. 이렇게 온 산이 축제 분위기였어.

그렇지, 그랭구아르. 염소는 얼마나 행복했을지 상상해 보게나! 이제 울타리도 말뚝도 없고, 경중경중 뛰어다니며 풀을 뜯어먹는 것을 막을 사람도 없었으니까. 그곳은 뿔 높이만큼이나 되는 풀이 아주 많았거든! 그리고 또 그 풀은 얼마나 좋은 풀이었는지! 맛있고, 부드럽고, 톱니 모양으로 된 것까지 수없이 많은 종류의 풀이 널려 있었으니까. 그것은 울타리 안의 잔디와는 전혀 다른 것이었어. 꽃은 또 어떻고! 푸른색의 큰 풍령초, 꽃받침이 길다란 자줏빛 디기탈리스 등 맛있고 향이 넘치는 야생화가 사방에 깔려 있었어.

하얀 염소는 황홀한 기분에 취해서 네 다리를 공중에 쳐들고는 뒹굴기도 하고 낙엽과 밤송이들과 함께 온통 뒤범벅이 되어 비탈을 따라 구르기도 했어. 그러다가 갑자기 일어나서 껑충껑충 뛰기도 했지. 또 머리를 앞으로 하고는 덤불과 관목 숲 사이를 가로질러 산꼭대기에 오르고, 골짜기를 달려 사방 위아래로 뛰어다녔지. 누군가 이 모습을 보았다면 산 위에 스갱 씨의 염소가 열 마리쯤 있는 것 같았을 거야.

블랑캣은 이제 무서운 게 아무것도 없었어. 그 녀석은
물보라와 물방울을 몸에 묻히며 너른 급류도 폴짝 뛰어
넘곤 했어. 그리고 온몸에서 물을 뚝뚝 흘리며 어느 넓
은 바위로 기어 올라가서는 그 위에 그대로 누워 햇볕
에 몸을 말리기도 했지. 한번은 양골담초 꽃을 입에 물
고 언덕 끝으로 나갔는데, 그 아래 멀리 보이는 울타리
밭이 있는 스갱 씨의 집을 보면서 염소는 눈물이 나도록
웃기도 했어.

"어머나, 저렇게 작다니! 어떻게 내가 저 속에서 참고
살 았을까?"

불쌍한 녀석이지! 그저 높은 곳에서 내려다보니 자신
이 세상만큼이나 커 보였던 거야. 어쨌든 그날은 스갱 씨
의 염소에게 아주 행복한 날이었어. 그렇게 이리저리 뛰
놀던 염소는 정오쯤에는 머루를 맛있게 아작아작 깨물어
먹고 있던 양 떼와 마주치기도 했어. 하얀 옷을 입고 뛰
어다니는 우리의 꼬마 염소는 그들의 관심을 한 몸에 받
았지. 수놈들은 그 녀석에게 머루를 따먹기에 가장 좋은
자리를 내어주면서 너도나도 환심을 사려고 안달했다네.

참, 그런데 그랭구아르, 이건 우리끼리 얘기지만 말이
야. 검은 털의 어린 양 한 마리는 블랑캣의 마음을 얻는
행운을 얻기도 했어. 그래서 그들은 연인이 되어 숲속을
한두 시간 돌아다녔어. 그 녀석들이 주고받은 얘기를 알
고 싶으면, 이끼 속에 보이지 않게 흐르는 수다쟁이 샘물
한테 물어보게나.

그런데 갑자기 바람이 서늘해졌어. 산은 보랏빛을 띠
기 시작했지. 저녁이 되었던 거야.
"벌써 저녁이네!"
어린 염소는 이렇게 말하곤 깜짝 놀라서 멈춰 섰지. 발
아래 들판은 어느새 안개에 젖어 있었어. 스갱 씨의 울타
리 밭은 안개 속으로 사라져버렸고, 조그마한 집도 약간
의 연기와 조금 피어오르는 지붕만 보일 뿐이었어. 염소
는 누군가 데리고 들어가는 염소 떼의 방울 소리를 들으
며 마음이 아주 슬퍼졌어. 그때 집으로 돌아가던 큰 매 한
마리가 녀석을 스쳐 지나갔어. 녀석은 깜짝 놀랐지. 그러
자 이제는 산속에서 우우 하고 울부짖는 소리가 나는 거
야. 녀석은 그제야 늑대가 떠올랐어. 하루 종일 정신없이
놀러 다니느라 미처 늑대 생각은 깜빡했던 거야. 바로 그
때 저 멀리 골짜기에서 나팔 소리가 났어. 끝까지 염소를

찾으려는 마음 착한 스갱 씨의 마지막 노력이었지.

"우! 우!"

늑대가 울부짖었어.

"돌아와! 돌아오란 말이야!"

나팔 소리가 부르고 있었어. 블랑캣은 순간 다시 스갱 씨 집으로 돌아가고 싶었다네. 하지만 말뚝, 밧줄, 울타리를 떠올리자 이제 다시는 그런 생활을 못 할 것 같아 그냥 산속에 남기로 했지.

나팔 소리는 더 이상 들리지 않았어…….

그때 뒤에서 나뭇잎이 바스락거리는 소리가 들렸어. 염소는 뒤돌아서서 보았지. 나뭇잎 사이로 아주 꼿꼿이 선 두 개의 짧은 귀와 반짝이는 두 눈이 보였다네. 늑대였어.

엄청나게 큰 늑대는 꼼짝도 않고 뒷발을 땅에 붙이고 앉아 하얀 꼬마 염소를 쳐다보며 군침을 삼키고 있었어. 늑대는 염소가 자신의 밥이 될 거라는 걸 잘 알고 있었기 때문에 서두르지 않았어. 그러다가 염소가 뒤로 돌아서자 늑대는 심술 맞게 웃기 시작했어.

"하하하! 스갱 씨의 어린 염소로군."

늑대는 그 큰 붉은 혀로 입술을 핥으며 입맛을 다셨어.

블랑캣의 가슴은 덜컥 내려앉았다네. 순간 늑대와 밤

새 싸우다가 결국 아침에 잡아먹힌 늙은 르노드의 얘기를 떠올리면서, 어쩌면 바로 잡아먹혀버리는 게 나을지도 모른다는 생각이 들었지. 그러다가 생각을 달리하고는 머리를 아래로 하고 뿔을 앞으로 내밀면서 스갱 씨의 용감한 염소답게 방어 자세를 취했어. 그렇지만 자신이 늑대를 죽일 수 있을 거라곤 생각하지 않았어. 염소가 늑대를 죽일 수는 없을 테니 말이야. 다만 저도 르노드만큼 오래 견딜 수 있을지 시험해보고 싶었던 거야.

순간 늑대가 앞으로 나왔고 염소의 작은 뿔들이 춤을 추기 시작했어.

아! 용감한 어린 염소, 녀석이 얼마나 혼신의 힘을 다해 싸웠던지! 거짓말이 아니네, 그랭구아르. 블랑캣은 늑대가 열 번도 넘게 숨을 돌리느라 뒤로 물러나게 만들었어. 잠깐 싸움을 쉬는 동안 염소는 재빨리 제가 좋아하는 풀을 한입 뜯어먹고는 다시 싸움을 시작했어. 이렇게 밤새도록 버텼지. 이따금 스갱 씨의 염소는 맑은 하늘에서 춤추는 별들을 쳐다보고는 속으로 이렇게 생각했어.

'오! 새벽까지만 버틸 수 있다면⋯⋯.'

별들은 하나둘 사라져갔지. 블랑캣은 더욱 거세게 뿔로 받기를 계속했고, 늑대의 이빨 공격 또한 점점 사나워졌어. 희미한 빛이 지평선 위로 나타나고⋯⋯. 목이 쉰 수탉 소리가 밭쪽에서 들려왔다네.

"드디어 날이 밝았구나!"

죽어가면서도 오직 아침이 오기만을 기다렸던 불쌍한 염소가 중얼거렸어. 그리고 마침내 하얀 털을 온통 피로 물들인 채 땅바닥에 털썩 쓰러지고 말았지.

이어 달려든 늑대는 끝내 그 어린 염소를 먹어 치우고 말았네.

안녕, 그랭구아르!

자네가 지금 들은 이 얘기는 내가 지어낸 게 아니야. 혹시 자네가 프로방스에 온다면 우리 농가 주인들이 '밤새 늑대와 싸우다가 아침에 잡아먹힌 스갱 씨의 어린 염소' 얘기를 종종 들려줄 거야.

내 말 잘 알아듣겠지, 그랭구아르.

'아침에 늑대가 염소를 잡아먹었다네.'

교황의 노새

우리 프로방스 농부들이 자신들의 이야기에 맛을 더하기 위해 쓰는 미사여구나 격언, 속담을 통틀어 나는 이처럼 생생하고 특이한 말을 들어본 적이 없습니다. 내가 사는 풍차 방앗간 주위의 사람들은 복수심과 앙심을 품고 있는 사람에 대해 이렇게 말하고는 합니다.

"그 친구를 조심하시오. 7년 동안 발길질을 참아온 교황의 노새 같은 자랍니다."

그래서 나는 이 말이 어디서 유래한 것인지 꽤나 오랫동안 조사해보았습니다. 교황의 노새는 도대체 무엇이고, 7년 동안 참아온 발길질이라는 게 무슨 뜻인지 말입니다. 그런데 이곳 사람들 그 누구도 이에 관해 제대로 알려 주는 사람이 없었습니다. 심지어 프로방스에서 전해내려온 이야기들을 손바닥 보듯 꿰뚫고 있는 프랑세 마마이 영감님조차 모른다고 했습니다. 영감님도 나와 마찬가지로 이 속담이 아비뇽 지방의 오래된 이야기와 연관이 있다고 추측할 뿐 구체적인 이야기는 들은 바가 없다는 겁니다.

"샤갈 도서관에나 가야 찾을 수 있을 거야."

피리 부는 영감이 웃으며 내게 말했습니다.

나쁘지 않은 생각이라 여긴 나는 거의 일주일 동안 도서관에서 살다시피 했습니다. 마침 샤갈 도서관이 가까운 곳에 있어서 다행이었습니다.

도서관은 정말 훌륭했습니다. 잘 정돈되어 있었고 예술가들에게는 밤낮으로 개방되어 있었을 뿐만 아니라 매미들은 하루 종일 노래까지 들려주었습니다. 나는 이곳에서 며칠 동안 즐거운 시간을 보냈습니다. 그리고 일주일 동안 조사한 끝에 내가 원하던, 그러니까 노새 이야기와 7년 동안 참아 왔다는 그 유명한 발길질의 유래를 마침내 찾아냈습니다. 어제 아침에 핀 라벤더 향내가 풍기는 가운데, 거미줄이 책갈피 대신 꽂혀 있던 색 바랜 필사본에서 읽은, 이 소박하고도 아름다운 이야기를 지금 그대로 전하려 합니다.

교황 시대의 아비뇽을 보지 못한 사람은 아비뇽을 안

다고 말할 수 없을 것입니다. 아비뇽은 유쾌하고 생기가 넘치며 끝없는 축제가 이어지는, 다른 데서는 찾아볼 수 없는 도시였습니다. 아침부터 밤까지 예배를 보려는 사람과 순례자의 행렬이 끊이지 않았고, 꽃이 흩어진 거리에 고급 태피스트리가 걸려 있었습니다. 론 강을 따라 깃발을 바람에 휘날리는 배를 타고 추기경들이 찾아오고 광장에서는 교황의 병사들이 라틴어로 노래를 부르고, 헌금을 모으는 수도사들이 떠드는 소리도 들려왔습니다. 교황청을 둘러싸고 위아래로 몰려 있는 집들에서 들려오는 왁자지껄한 소리가 마치 벌집 주위를 맴도는 벌들의 소리와도 같았습니다. 그 시절에는 레이스 짜는 사람들이 있어 바늘이 째깍거리는 소리, 베틀 북이 왔다 갔다 하며 사제들의 제의에 금실을 수놓는 소리, 미사용 물병에 조각을 새기는 세공사의 망치질 소리, 현악기 제조인의 집에서 음향판 만드는 소리, 베틀을 짜는 여인들의 찬송가 소리를 들을 수 있었습니다. 게다가 종 치는 소리며 아래쪽 다리 주변에서 북을 치는 소리까지 온갖 소리들이 그치지 않았습니다. 이 고장 사람들은 기분이 좋으면 언제든지 춤을 춰야만 직성이 풀렸습니다. 당시 마을에서 파랑돌을 추기에는 길이 너무 좁았기에 피리 부는 사람들과 북 치는 사람들은 아비뇽 다리 위에서 자리를 잡고 앉아 론 강의 시원한 바람 속에서 연주를 하며 밤낮없이 춤추곤 했습니다.

아, 얼마나 행복한 시절이었던지! 아, 얼마나 행복한 마을이었던지! 도끼나 창 따위는 쓸 일이 없었고, 감옥도 포도주 보관 창고로나 쓰던 시절이었습니다. 기근도 없고 전쟁도 없는 데다 교황청 시대의 교황들은 또 얼마나 백성들을 잘 다스렸는지…… 그래서 지금도 사람들은 그 시절을 그리워하나 봅니다.

교황 중에는 보니파스라 불리는 분이 계셨습니다. 덕망 높고 연세가 지긋한 분으로, 그분이 세상을 떠났을 때 아비뇽 사람들이 얼마나 많은 눈물을 흘렸는지 모릅니다. 정말 상냥하고 싹싹한 분이셨습니다. 노새를 타고 다니며 사람들에게 늘 미소를 지어주셨고, 그분 곁으로 다가가기만 하면 당신이 꼭두서니 염료를 따는 가난뱅이 약초꾼이건 마을 최고 부자 법관이건 상관없이 정성껏 축복을 내려주셨습니다. 그는 그야말로 진정한 프로방스의 교황이셨습니다. 언제나 세련된 미소에 모자에는 박하 잎사귀를 꽂고 다니셨고 여자들에게는 손톱만큼도 관심이 없었습니다.

착한 교황이 유일하게 정신을 팔았던 것은 그분의 포도밭뿐이었습니다. 아비뇽에서 약 12킬로미터 떨어진 샤토뇌프의 도금양 숲속에 있는, 그분이 직접 일군 작은 포도밭이었지요. 일요일 미사를 마치면 존경하는 교황께서는 그곳에 들르곤 하셨습니다. 교황께서 포도밭에 노새를 세워두고 햇빛 잘 드는 곳에 자리해 앉으시면 추기경들은 나무 그루터기에 죽 둘러앉았지요. 그러면 교황은 그곳에서 난 포도주 한 병을 따고는 했습니다. 그때부터 '샤토뇌프 뒤 파프'라는 이름으로 불리게 된 루비 빛이 도는 맛난 포도주였습니다. 교황은 포도주를 잔에 따라 조금씩 홀짝거리며 애정 어린 눈으로 포도밭을 바라보고는 했습니다. 포도주 병이 다 비고 해가 떨어지면 교황께서는 수행하는 이들을 뒤로 세운 채 흐뭇한 마음으로 마을로 돌아갔습니다. 돌아가는 도중 북소리와 파랑돌 춤이 한창인 아비뇽 다리를 건널 때면 교황의 노새는 음악 소리에 흥이 나서 경중경중 발을 굴렀고, 교황도 모자를 벗어 들고 박자를 맞추었습니다. 이런 행동에 추기경들은 적잖이 당황했지만 마을 사람들은 무척이나 좋아했습니다.

"아! 정말 멋진 교황님이셔! 정말 마음씨 좋은 교황님이야!"

교황께서 샤토뇌프의 포도밭 다음으로 아낀 것은 다름 아닌 노새였습니다. 그분은 이 짐승을 매우 사랑했습니다. 매일 저녁 잠자리에 들기 전이면 노새 우리는 잘 잠겨 있는지, 여물통 속에 먹이는 부족하지 않은지 살피곤 했습니다. 게다가 노새에게 먹일 설탕과 향료를 듬뿍 넣은 포도주를 커다란 프랑스식 그릇에 준비하는 것을 직접 눈으로 확인하기 전에는 절대로 식탁 앞에서 일어나지 않으셨습니다. 심지어 추기경들이 모두 지켜보는 가운데 몸소 먹이를 갖다주시기도 했지요.

이 노새는 충분히 대접을 받을 만했습니다. 검은색 털에 빨간 반점이 있는 이 아름다운 노새는 튼튼한 다리와 윤기가 흐르는 털에 크고 탐스러운 엉덩이를 가지고 있었습니다. 온갖 매듭에 은방울이며 장식용 술로 치장한 조그만 얼굴에는 도도함이 넘쳤습니다. 더구나 이 노새는 천사처럼 순한 데다 맑은 눈과 쫑긋한 두 개의 커다란 귀 때문에 마치 순박한 어린아이처럼 보였습니다.

아비뇽 사람들은 누구나 이 노새를 아껴서 노새가 거리를 지날 때면 더없이 극진하게 예를 갖추었습니다. 그것이 교황으로부터 총애를 받는 길이라는 것을 잘 알았던 것이지요. 실제로 이 순진한 표정의 노새 덕분에 행운을 얻게 되는 경우도 있었기 때문입니다. 티스테 베덴을 둘러싸고 벌어졌던 떠들썩한 사건이 그 사실을 증명해줍니다.

티스테 베덴이라는 사람은 본래 못 말리는 말썽꾼이었습니다. 그의 아버지 기 베덴은 금 세공사였는데 티스테가 일꾼들을 꾀어 못된 짓을 하고 다니는 바람에 일꾼들은 물론 아들까지 집에서 쫓아내버렸습니다. 사람들은 그가 아비뇽의 개울가, 그것도 교황청 근처에서 빈둥대는 모습을 6개월이나 지켜봤습니다. 이 한량 녀석은 꽤나 오래전부터 교황의 노새에게 수작을 걸어볼 생각을 품고 있었습니다. 그가 얼마나 교활한 짓을 했는지 이제부터 말해드리겠습니다.

어느 날 교황은 노새를 타고 성 주변을 혼자서 산책하고 있었습니다. 바로 이때 티스테가 교황에게 접근했습니다. 그가 두 손을 모아 교황에게 존경의 뜻을 표한 뒤 말했습니다.

"오, 세상에! 교황 성하! 정말 훌륭한 노새가 있으시군요. 제가 노새를 좀 봐도 될까요? 아, 성하! 정말 멋진 노새입니다. 독일 황제도 이런 노새는 없을 겁니다."

그는 노새를 쓰다듬으며 마치 젊은 처녀에게 하듯 부드럽게 말을 건넸습니다.

"자, 이리 가까이 오렴, 우리 귀염둥이. 우리 보물단지, 우리 진주……."

그의 태도에 감동한 순진한 교황은 속으로 생각했습니다.

'정말 기특한 녀석이군. 내 노새에게 이렇게 잘해주다니.'

그리고 다음 날 무슨 일이 일어났을까요? 티스테 베덴은 그의 누런색 낡은 재킷 대신 레이스 장식의 예복에 자주색 비단으로 만든 망토를 두르고 버클 달린 구두를 신고 교황의 성가대에 들어갔습니다. 귀족의 자식들이나 추기경의 조카들만이 들어갈 수 있다는 그 교황의 성가대에 말입니다. 그의 술책이 성공한 것입니다. 하지만 티스테는 여기에 만족하지 않았습니다.

일단 교황을 곁에서 모시는 데 성공한 이 약삭빠른 인간은 계속해서 다른 계책을 짜냈습니다. 다른 사람들에게는 늘 그렇듯이 건방지게 굴었지만 노새에게는 온갖 관심과 정성을 아끼지 않았습니다. 녀석은 늘 귀리 한 움큼, 콩 한 다발을 들고 그 안의 뜰을 거닐었습니다. 그리고 교황이 있는 발코니를 쳐다보며 분홍색 콩 다발을 부드럽게 흔들었습니다. 그것은 마치 이렇게 말하는 것 같았습니다.

"자, 이게 누구 것일까요?"

나날이 기력이 쇠하는 것을 느끼고 있던 착한 교황은 결국 티스테에게 외양간 돌보는 일과 노새에게 프랑스식 포도주 사발을 준비하는 일을 맡겼습니다. 추기경들이 눈살을 찌푸리는 가운데 말입니다.

그런데 불만스럽기는 노새도 마찬가지였습니다. 이제는 포도주를 마실 시간이 되면 망토와 레이스 옷을 걸친여섯 명의 성가대 단원이 몰려와 건초 위에 재빨리 자리잡고 앉는 모습을 봐야 했습니다. 그리고 잠시 후, 따스한 캐러멜과 향료의 좋은 냄새가 외양간 전체에 퍼지며티스테 베덴이 프랑스식 포도주 사발을 조심스럽게 들고나타납니다. 그 순간부터 이 불쌍한 노새에게는 순교자와도 같은 고문이 시작됩니다.

이 포도주는 몸을 따뜻하게 해주고 마시면 날개를 달고 날아오를 듯해서 노새가 특히 좋아하는 먹이였습니다. 하지만 티스테는 잔인하게도 그것을 먹이통에 부어냄새를 맡도록 했습니다. 이렇게 노새가 포도주 향을 코로만 잔뜩 들이키게 한 뒤, 티스테 일당은 아름다운 장미처럼 붉은 빛깔이 나는 포도주를 자기들끼리 목구멍으로넘겨버렸습니다. 포도주를 훔쳐 먹은 일당은 이것만으로성이 차지 않았는지 작은 악마처럼 변했습니다. 어떤 녀석은 노새의 귀를, 다른 어떤 녀석은 노새의 꼬리를 잡아당겼고, 키케라는 놈은 등에 올라탔고 벨뤼게는 자기 모자를 노새에게 씌우려 했습니다. 만약 노새가 허리를 튕기거나 뒷발질이라도 하면 모두 북극성까지 날아가버릴수도 있다는 걸 전혀 생각하지 않는 듯했습니다.

하지만 그럴 수는 없는 일이었지요. 교황의 노새가 괜히 교황의 노새이겠습니까? 바로 관용과 은총의 노새가 아니겠습니까? 녀석들이 아무리 못된 짓을 해도 노새는 화를 내지 않았습니다. 하지만 티스테 베덴에게만큼은 원한을 가지고 있었습니다. 티스테가 뒤에 있는 것을 느낄 때마다 노새는 발굽이 근질거렸습니다. 그럴 만도 했지요. 불한당 같은 티스테가 노새에게 한 못된 짓을 생각하면 말입니다! 포도주를 가지고 그가 얼마나 잔인하게 굴었던지…….

그런데 누가 알았겠습니까? 어느 날 티스테가 노새를 데리고 성에서 제일 높은 종탑 끝까지 올라갈 생각까지 하게 될 줄 말입니다. 이건 절대 지어낸 이야기가 아닙니다. 20만 명이나 되는 프로방스 사람이 모두 그 광경을 지켜보았기 때문입니다. 불쌍한 노새가 얼마나 무서워했을지 한 번 상상해보십시오. 한 시간 동안 눈을 가린 채 나선형 계단을 돌고 돌아 셀 수 없이 많은 계단을 올라가니 어느새 눈부시게 밝은 곳에 서 있었고, 천 길 낭떠러지 밑으로 휘황찬란한 아비뇽 시가의 모습이 보이는 게 아니겠습니까. 시장의 가판대들이 굵은 밤송이만 하고, 막사 앞에 서 있는 교황 근위대는 마치 불개미들처럼 보였습니다. 저 아래, 은빛 실타래처럼 펼쳐진 강 위의 작은 다리에서 사람들이 춤추는 모습도 보였습니다. 아! 가엾은 노새는 얼마나 심장이 떨렸을까요? 노새가 내지르는 비명 소리가 얼마나 컸던지 성의 창문들이 흔들릴 정도였습니다.

"무슨 일이냐? 노새에게 무슨 일이 일어난 거야?"

착한 교황이 황급히 발코니로 나가며 소리쳤습니다.

타스테 베덴은 이미 마당으로 내려와서 우는 척하며 머리를 쥐어뜯고 있었습니다.

"아, 교황님! 도대체 이게 웬일입니까? 교황님의 노새 가……. 세상에 어찌 이런 일이? 교황님의 노새가 종탑 꼭대기까지 올라갔습니다."

"혼자서 말이냐?"

"네, 그렇습니다. 교황님. 혼자서 올라갔습니다. 저기 요, 저 위를 보세요. 두 마리 제비처럼 삐죽 나온 노새의 귀 끝이 보이시지요?"

"이럴 수가! 노새가 미친 모양이구나! 아니면 자살이 라도 하려는 게냐. 바보 같은 녀석아, 빨리 내려오지 못 해!"

가엾은 교황이 위를 올려다보며 소리쳤습니다.

노새라고 내려가고 싶지 않았겠습니까? 하지만 어떻 게 내려간단 말입니까? 계단을 다시 내려간다는 건 상상 도 할 수 없었습니다. 계단을 더 오른다면 몰라도 계단을 내려가다가는 백 번이고 천 번이고 다리를 부러뜨리고 말 겁니다. 절망에 휩싸인 가엾은 노새는 망루를 오락가락하며 현기증으로 동그래진 눈으로 티스테 베덴을 원망하고 있었습니다.

'이 악당 같은 놈, 여기서 내려가기만 해 봐라. 내일 아침 당장 발길질을 해줄 테다.'

녀석을 발로 차버릴 생각에 노새의 마음이 조금 가라앉았습니다. 그런 생각마저 없었다면 노새는 견딜 수 없었을 겁니다. 마침내 사람들은 저 꼭대기에서 노새를 끌어내리는 데 성공했습니다. 하지만 그것은 굉장한 작업이었습니다. 기중기, 밧줄, 들것까지 동원되어야 했으니 말입니다.

높은 밧줄에 매달려 공중에서 풍뎅이처럼 네발을 팔딱거리는 모습을 보여준 교황의 노새는 또 얼마나 수치스러웠겠습니까? 게다가 온 아비뇽 사람들이 그 모습을 지켜보고 있었지요.

이 불쌍한 짐승은 밤새 잠을 이룰 수 없었습니다. 자신이 여전히 그 저주스러운 망루 위를 돌고 있고 아래쪽에서는 마을 사람들의 비웃음 소리가 들리는 것만 같았습니다. 노새는 못된 티스테 베덴을 생각하며 내일 아침 그에게 멋진 발길질을 해주리라 다짐했습니다. 아! 얼마나 통쾌한 발길질일까요. 팡페리구스트에서까지 볼 수 있도록 먼지가 피어오를 겁니다.

노새가 외양간에서 그를 멋지게 맞이할 준비를 하고 있는 동안 티스테 베덴은 무엇을 하고 있었을까요? 그는 교황의 배를 타고 노래를 부르며 론 강을 따라가고 있었습니다. 아비뇽 시가 외교와 예절을 가르치기 위하여 매년 청년 귀족 가문의 자녀들을 뽑아 여왕에게 보내는데, 그 사절단에 끼어 나폴리 궁전에 가게 된 것입니다. 티스테는 귀족이 아니었지만 교황은 자신의 노새를 돌봐준 그에게 보답해야 한다고 고집을 부렸습니다. 특히 그 끔찍한 날에 그가 보여 주었던 노력이 큰 역할을 했던 것입니다.

다음 날 누구보다 실망한 것은 바로 노새였습니다.

'아! 악당 같은 녀석이! 뭔가 눈치챈 모양이군!'

노새는 분노에 방울을 떨며 생각했습니다.

'하지만 상관없어, 나쁜 녀석. 네가 돌아올 때까지 발길질을 아껴두었다가 한꺼번에 돌려주마.'

노새는 정말로 그를 위해 발길질을 아껴두었습니다.

티스테가 떠난 후, 교황의 노새는 다시 평온한 일상을 되찾았고 예전처럼 우아한 모습으로 돌아갔습니다. 외양간에는 키케도, 벨뤼게도 찾아오지 않았습니다. 포도주를 마실 수 있는 좋은 시절로 되돌아와 한잔하며 기분도 내고 오랜 시간 낮잠도 잘 수 있었습니다. 아비뇽 다리 위를 지날 때는 예전처럼 리듬을 타며 춤을 추듯 걷기도 했습니다.

하지만 그 사건 이후로 마을사람들이 노새를 대하는 태도는 조금 차가워진 듯했습니다. 길을 지날 때, 사람들은 쑥덕거리고, 할머니들은 고개를 절레절레 흔들었으며, 어린아이들은 종탑 위를 가리키며 낄낄댔습니다. 착한 교황조차 친구 같던 노새를 예전만큼 신뢰하지 않았습니다. 일요일 날 포도밭에서 돌아올 때 노새 등 위에서 교황은 잠깐씩 졸면서 이런 생각을 했습니다.

'잠에서 깨면 나도 저 망루 위에 올라가 있는 게 아닐까?'

노새는 이 모든 것을 알고 있었지만 아무 말 없이 잘 견뎠습니다. 하지만 사람들이 자기 앞에서 티스테 베덴이라는 이름을 말할 때는 귀를 부들부들 떨었고, 자갈길에다 발굽을 갈며 회심의 미소를 지었습니다.

그렇게 7년이라는 세월이 흘렀습니다. 그 무렵 티스테 베덴은 나폴리 궁정에서 돌아오게 되었습니다. 일이 다 끝난 게 아니었지만 교황의 겨자 그릇 시중을 들던 시종이 갑자기 죽었다는 소식을 듣고 자기에게 딱 맞는 자리라고 생각한 그가 서둘러 아비뇽으로 돌아온 것입니다.

교활한 베덴이 교황의 궁에 다시 들어섰을 때 교황은 키와 몸집이 커진 그를 알아보지 못했습니다. 물론 교황이 너무 늙어 안경 없이는 잘 볼 수 없었던 탓도 있었지만 말입니다.

티스테는 머뭇거리지 않았습니다.

"저런! 교황 성하. 저를 못 알아보시겠습니까? 접니다, 티스테 베덴!"

"베덴이라고?"

"그렇습니다, 그러니까 교황님의 노새에게 향료 넣은 포도주를 먹이던……."

"아! 그래, 그래…… 기억나. 착한 청년 티스테 베덴! 그런데 오늘은 무슨 일로 날 찾아왔나?"

"아! 별일은 아닙니다, 자비로우신 교황님. 저는 그저 교황님의 안부를 묻고 싶어서……. 그 노새는 여전하지요? 잘 지내고 있지요? 참, 얼마 전 교황 성하의 겨자 그릇을 드는 수석 시종이 돌아가셨다고 하던데 그 자리를 제게 맡겨주시면 어떨까요?"

"수석 시종을? 하지만 자네는 너무 젊지 않나? 그나저나 자네가 몇 살이지?"

"스무 살 하고도 두 달 지났습니다. 고매하신 교황 성하. 교황님의 노새보다 정확하게 다섯 살 더 많지요.

아! 그 노새는 정말 멋있었는데! 그 노새를 얼마나 좋아했는지 몰라요. 이탈리아에서도 그 녀석이 얼마나 그립던지! 그 노새를 좀 볼 수 있을까요?"

"물론이지, 물론이고말고."

착한 교황은 무척 감동했습니다.

"자네가 그렇게 노새를 좋아한다니 노새와 떨어지지 않도록 해야겠군. 오늘부터 자네를 내 겨자 그릇 수석 시종으로 곁에 두도록 하지. 추기경들은 분명 싫은 소리를 하겠지만 상관없네! 이미 익숙한 일이니 말이야. 내일 저녁 미사가 끝나거든 이리로 오게. 우리 참사회 회원들이 참석한 가운데 자네 직함에 맞는 임명장을 주겠네. 그러고 나서 자네를 노새에게 데려다주지. 나중에 우리 둘이 함께 포도밭에 가세나, 허허! 이제 그만 가보게."

티스테 베덴은 매우 만족해하며 큰 홀을 나왔습니다. 그가 얼마나 설레며 내일의 예식을 기다렸을지는 말하지 않아도 여러분은 잘 아실 겁니다. 그런데 성안에는 티스테 베덴보다 더 행복해하며 가슴 설레는 존재가 있었습니다. 바로 교황의 노새였습니다. 그가 돌아왔을 때부터 다음 날 저녁 미사 때까지, 흥분을 가라앉히지 못한 짐승은 끊임없이 귀리를 먹어댔고 벽에다 뒷발질을 해댔습니다. 노새도 자신의 세리머니를 준비하고 있었던 거지요.

다음 날 저녁, 미사가 끝나자 드디어 티스테 베덴이 교황 궁 마당에 들어섰습니다. 높은 성직자도 모두 참석해 있었습니다. 붉은색 옷을 입은 추기경들, 성인품에 올릴 후보자 결정에 이의를 제기하는 검은 벨벳 옷의 사제들, 작은 관을 쓴 수도원장들, 성 아그리콜 교회의 재산 관리인들, 자주색 망토를 입은 성가 대원들, 그 밖의 하위 성직자들은 물론 예복을 입은 교황의 병사들, 세 군데의 고행 수도자 회원들, 사납게 생긴 몽 방투 수도사들, 종을 들고 뒤따르는 꼬마 성직자들, 허리 위로 맨몸을 드러낸 고행 수도사들, 화려한 예복을 차려입은 궁정 관리들까지 모두 참석했습니다. 그 외에도 성수 나누어주는 사람, 불 밝히는 사람, 불 끄는 사람 할 것 없이 모두 말입니다. 빠진 사람을 한 명도 찾아볼 수 없을 정도로……. 아! 정말이지 대단한 취임식이었습니다! 종소리가 울리고 불꽃이 터지고 햇빛이 눈부신 가운데 음악 연주도 있었습니다. 그리고 언제나 그렇듯 아래쪽 아비뇽 다리에서는 춤을 위한 요란한 북소리가 들렸습니다.

베덴이 사람들 앞에 모습을 보이자, 모여 있던 사람들은 위풍당당한 그의 모습과 준수한 용모에 감탄하며 웅성거렸습니다. 그는 금발의 곱슬머리를 가진 멋진 프로방스 청년이었습니다. 막 자라기 시작한 턱수염은 금 세공사인 그의 아버지가 쓰던 끌에서 떨어진 얇은 금 조각을 붙인 듯했습니다. 소문에 의하면 잔 여왕이 그의 턱수염을 만지작거리기까지 했다고 합니다. 이 베뎅 경 역시여왕의 총애를 받은 남자들처럼 자신만만한 태도에 거만한 눈빛이었습니다. 이날 티스테는 자신의 고향을 기리기 위해 나폴리에서 입던 옷 대신 프로방스 전통의 장밋빛 수놓은 웃옷을 입고 있었습니다. 그리고 모자 위에는카마르그에서 가져온 기다란 따오기 깃털이 흔들리고 있었습니다.

겨자 그릇 수석 시종은 들어서자마자 우아하게 인사하고, 수석 시종의 상징인 노란색 회양목으로 만든 숟가락과 사프란으로 물들인 노란색 옷을 하사하기 위해 교황이 기다리고 있는 높은 계단 쪽으로 향했습니다. 한편 노새는 마구를 완전히 갖추고 포도원으로 떠날 채비를 하며 계단 아래서 기다리고 있었습니다. 티스테 베뎅은 노새의 곁을 지나다가 멈춰 서서 상냥한 미소를 지으며 한두 번 다정히 등을 두드려주었습니다. 교황이 자신을 보고 있나 곁눈질하면서 말이지요. 정말로 좋은 위치였습니다. 마침내 노새가 힘껏 발길을 내질렀습니다.

"자! 받아라, 악당 놈아! 7년을 참아왔다!"

노새의 발길질이 얼마나 무시무시했던지, 멀리 팡페리

구스트에서도 회오리 먼지를 볼 수 있을 정도였습니다. 노란 연기 소용돌이 속에서 따오기의 깃털이 빙글빙글 돌았습니다. 불운한 티스테 베덴의 흔적이었지요.

노새의 발길질이 원래 그렇게 강했던 건 아니랍니다. 하지만 그는 교황의 노새였습니다. 생각해보세요! 게다가 7년이나 참았던 발길질입니다. 성직자가 원한을 품었을 때 어떤 일이 일어날지 이 이야기보다 더 잘 보여줄 수는 없을 겁니다.

상기네르의 등대

나는 그날 밤, 잠을 이룰 수가 없었습니다. 성난 듯 포효하는 북서풍 소리에, 나는 아침까지 뜬눈으로 밤을 지새워야만 했습니다. 거센 북풍으로 부러진 풍차 날개는 둔탁한 소리를 내며 무겁게 돌아갔고, 집 전체가 삐걱거리는 소리로 가득 찼습니다. 기왓장은 깨어져 사방으로 날아가버렸고, 빽빽하게 언덕을 뒤덮고 있는 소나무 숲은 어둠 속에서 이리저리 흔들리며 윙윙댔습니다. 마치 바다 한가운데에 있는 것 같았습니다.

문득 3년 전의 기억이 떠올랐습니다. 코르시카 섬 연안, 아자치오 만 입구에 있는 상기네르 등대에서 잠을 설치며 지냈던 밤의 기억을 말입니다.

나는 그 섬을 은신처로 삼아 몽상과 고독을 즐기곤 했습니다. 온통 불그스름한 빛이 감도는 황량한 섬의 모습을 상상해보세요. 한쪽 끝에는 등대가 있고, 반대쪽에는 제노아 시대의 탑이 있는 섬이지요. 당시 내가 그곳에 있었을 때, 탑에는 독수리 한 마리가 살았습니다. 그 아래쪽 바닷가에는 폐허가 된 채 잡초에 뒤덮인 검역소가 하나 있었습니다. 골짜기와 빽빽한 산림, 큰 바위, 몇 마리의 산양, 갈기를 나부끼며 뛰어다니던 코르시카의 조랑말도 있었습니다. 그리고 바닷새들이 빙빙 선회하는 섬 꼭대기에는 우뚝 솟은 등대가 있었습니다. 등대 안에는 등대지기들이 자유롭게 왕래할 수 있도록 만든 하얀 돌로 된 발코니와 아치형의 초록색 대문이 있었고, 무쇠로 만든 조그마한 탑 위에는 햇빛을 받아 한낮에도 불타는 듯한 거대한 다각형 램프가 있었습니다.

이것이 바로 지난밤, 내가 소나무 숲의 웅웅거리는 소리를 들으며 눈앞에 떠올린 상기네르 섬의 추억입니다. 풍차 방앗간을 발견하기 전에 하늘과 고독이 그리워질 때면 가끔씩 나는 그 섬을 찾았습니다.

거기서 무엇을 했느냐고요? 그곳에서도 이곳의 생활과 별다른 일은 없었습니다. 아니, 여기서보다 더 할 일이 없었습니다. 북서풍이나 북풍이 심하지 않으면 수면과 나란히 놓인 두 바위틈에, 갈매기와 티티새와 제비들과 함께 자리 잡고 앉아 있곤 했습니다.

바다를 바라보고 있노라면, 내 온몸이 감미로움과 압도감에 취해 나른하게 잦아드는 기분이 들었습니다. 아마 여러분도 영혼의 그 감미로운 도취 상태를 체험해보았을 테지요. 어떤 생각에 깊이 빠져 있는 것도 아니고, 몽상에 잠겨 있는 것도 아닌 상태, 자신의 존재에서 완전히 자유를 찾아 하늘 높이 날아오르는 듯한 기분 말입니다. 그렇게 물속으로 잠수하는 갈매기, 햇빛을 받아 파도와 파도 사이를 누비는 물거품, 멀어져 가는 여객선의 하얀 연기, 빨간 돛을 단 산호잡이배도 되고, 진주처럼 영롱한 물방울, 분수처럼 미묘하게 흩어져 있는 안개, 그외에도 온갖 삼라만상이 다가와 나와 하나가 되는 것입니다. 아, 나는 얼마나 오랜 시간을 나의 섬에 도취되어 아무것도 모르는 아이처럼 행복에 잠겨 있었던지!

바람이 너무 세차서 물가에 나가지 못할 때는 검역소의 뜰에 처박혀 하루를 보내곤 했습니다. 쓸쓸한 기운이 감도는 그 조그마한 뜰에는 로즈마리와 들쑥 향기가 가득했습니다. 나는 낡은 담벼락에 등을 기댄 채 웅크리고 앉아, 옛날 무덤처럼 사방이 터진 낡은 오두막에 감도는 정적 속에서 이런저런 생각에 잠겨 태양과 같이 떠도는 희미한 향기에 취하곤 했습니다. 이따금 문 두드리는 소리가 들리고, 무언가 풀숲에서 가볍게 뛰어 놀기도 했는데,

그것은 바로 바람을 피해 풀을 뜯어먹으러 온 염소였지요. 나를 보고 놀라서 멈칫한, 생기 있고 활기찬 모습의 뿔이 긴 염소는 어린아이처럼 순진한 눈빛으로 내 앞에서 움직이지 않고 서 있었어요.

5시가 되면 등대지기들이 확성기를 통해 저녁을 먹으라고 나를 불렀습니다. 그러면 나는 바다에서부터 급경사가 진 숲속의 좁은 관목 오솔길을 따라 천천히 등대로 올라갔습니다. 올라갈수록 더 넓어지는 듯한 바다와 빛의 끝없는 조망을 확인하면서 말입니다.

그 등대는 정말 멋진 곳이었습니다. 그 섬의 일상이 지금도 눈앞에 선합니다. 바닥에는 널따란 타일이 깔려 있고, 참나무 장식이 둘러쳐진 멋진 식당, 그 한가운데에 김이 무럭무럭 피어오르는 생선 수프, 하얀 테라스 위로 활짝 열려 있는 문, 그 문으로 들어오는 석양빛……. 등대지기들은 식탁에 둘러앉아 나를 기다리고 있었습니다. 모두 세 명이었는데, 마르세유 사람이 한 명, 코르시카 사람들이 둘이었습니다. 세 사람 모두 키가 작고 수염이 많았으며, 거칠게 그을린 얼굴에 살갗은 트고, 모두 똑같은 염소 털로 만든 외투를 입고 있었습니다. 그러나 그들의 행동과 기질은 정반대였습니다.

그들의 생활 습관만 보아도 두 지방의 차이를 금방 알

수 있었습니다. 마르세유 사람은 근면하고 활동적이어서, 이른 아침부터 저녁까지 섬 안을 돌아다니며 정원 손질, 낚시질, 구아유의 알을 주워 오는 일, 숲속에 숨어 있다가 지나가는 염소의 젖을 짜는 일 등 쉴 새 없이 바쁘게 돌아다녔습니다. 그 덕분에 부야베스 수프나 아이올리 요리가 계속해서 식탁에 오를 수 있었지요.

반면 코르시카 출신 사람들은 근무 외의 일에는 통 관심이 없었습니다. 그들은 스스로를 관리자라 여겨서인지 하루 종일 부엌에 앉아 스코파 카드놀이만 하며 지냈습니다. 스코파 놀음을 하지 않을 때는, 점잔을 빼며 파이프에 불을 붙이거나 큼지막한 녹연초 잎을 손바닥 위에 올려놓고 가위로 잘게 자를 때뿐이었습니다.

그러나 이들 세 사람은 모두 단순하고 소박하며 착한 사람들이었습니다. 그들은 내게 극진한 친절을 베풀어주었으니까요. 하지만 그들에게는 내가 아주 묘한 사람처럼 보였을 겁니다.

생각해보세요! 마음의 평안을 찾겠다고 제 발로 찾아와서 등대에 틀어박혀 있다니……. 자신들에게는 매일매일이 지루할 뿐이었고, 어서 빨리 순서가 되어 육지로 가는 것만이 유일한 희망이었으니까요. 맑은 날씨가 지속되는 여섯 달 동안은 그 대단한 기쁨을 매번 누릴 수 있었습니다. 30일간의 등대 생활 중 열흘은 육지에서 보내는 것이 규칙이었으니까요. 그러나 겨울이나 기후가 좋지 않을 때는 이런 규칙이 적용되지 않습니다. 바람이 세차고 파도가 거칠어져 상기네르의 섬이 물거품으로 하얗게 덮일 때면, 등대지기들은 2~3개월을 꼼짝없이 무서운 폭풍 속에 갇혀 있어야만 했으니까요. 때로는 매우 심각한 상황이 발생하기도 했습니다.

"이건 내가 직접 겪은 일입니다."

어느 날, 저녁 식사 때 등대지기 바르톨리 영감이 나에게 이런 이야기를 들려주었습니다.

"5년 전 일입니다. 오늘 같은 저녁, 바로 우리가 식사를 하고 있는 이 식탁에서 있었던 일이라오. 그날 등대에는 나와 체코라는 동료 단둘뿐이었어요. 다른 친구들은 휴가를 가거나 아파서 육지에 나가 있었지요. 저녁 식사가 끝나고 고요가 찾아왔습니다. 그런데 별안간 동료가 숟가락질을 멈추더니 잠시 넋 나간 표정으로 나를 쳐다보다가 팔을 앞으로 뻗더니 식탁 위로 털썩 쓰러지는 거요. 나는 급히 일어나서 그의 이름을 부르며 흔들어댔어요.

"이봐, 체코……. 어이, 체……."

하지만 그는 아무런 대답이 없었어요. 그는 이미 이 세상 사람이 아니었던 거지요. 내가 얼마나 놀랐을지 짐작이나 할 수 있겠어요? 나는 한 시간 이상을 그의 시체 앞에서 얼빠진 사람처럼 떨었다오. 그러다 문득 '맞아, 등댓불······.' 하는 생각이 스쳤어요. 나는 급히 등화실로 올라가서 불을 켰지요. 밤은 이미 깊어져 있었어요. 참으로 끔찍한 밤이었죠. 파도 소리도, 바람 소리도 심상치 않았어요. 계속 누군가가 계단에서 나를 부르는 것만 같았어요. 게다가 열도 오르고, 또 얼마나 갈증이 나던지! 그러나 나는 내려갈 수가 없었어요. 시체가 너무 무서웠거든요. 하지만 새벽이 되자 약간 용기가 생겼다오. 나는 그의 시체를 침대로 옮겨 놓고 천을 씌운 다음, 잠시 기도를 드린 뒤 서둘러 구조 신호를 보냈다오.

하지만 아직 바다에는 심한 풍랑이 일고 있었다오. 아무리 구조 요청을 해도 와주는 사람이 하나도 없었어요. 나는 가엾은 체코의 시체와 함께 등대 안에 고립되고 만 거요. 그때는 정말로 정신이 아득했어요. 배가 올 때까지 그를 곁에 두고 싶었어요. 하지만 사흘이 지나자 그건 더이상 안 되겠다는 생각이 들었어요. 어떻게 하지? 밖으로 운반할까, 묻어버릴까? 하지만 섬에는 까마귀가 수없이 날아다니고 바위는 너무 단단했지요. 기독교 신자인 그를 까마귀밥이 되도록 버려두는 것은 차마 못할 짓이

었어요. 그래서 그를 검역소의 방으로 옮겨 안치시켜야
겠다고 생각했죠. 그 엄청난 일을 치르는 데 꼬박 반나절
을 보냈어요. 대단한 용기가 아니면 할 수 없는 일이라는
건 말할 필요도 없었죠. 지금도 바람이 심하게 부는 저
녁, 그쪽으로 내려가노라면 어깨에 죽은 시체를 메고 있
는 듯한 기분이 들곤 한다오."

　불쌍한 바르톨리 영감! 그때의 일을 떠올리는 것만으
로도 영감은 이마에 땀을 흘리고 있었습니다.

　우리의 식사는 등대, 바다, 난파선, 코르시카 섬의 산
적 등에 관한 긴 이야기를 하는 가운데 진행되었습니다.
그러다가 해가 기울기 시작했습니다. 첫 번째 당번인 등
대지기가 작은 램프에 불을 붙이고 파이프와 물통, 상기
네르의 유일한 서적인 붉은 테의 두꺼운 『플루타르크 영
웅전』을 챙겨 들고 안쪽으로 들어갔습니다. 얼마 후 등대
안에는 쇠사슬과 도르래 그리고 무거운 기계 태엽 장치
를 끌어올리는 소리가 울려 퍼졌습니다.

　그동안 나는 밖으로 나가 테라스에 자리를 잡고 앉았
습니다. 이미 기울기 시작한 태양은 점점 빠른 속도로 수
평선 전체를 보랏빛으로 물들였습니다. 하늘에서 커다란
새 한 마리가 무겁게 내려앉아 내 가까이로 날아왔습니

다. 둥지로 쓰고 있는 제노아 석탑으로 돌아오는 독수리였습니다.

바다에서 조금씩 안개가 피어오르기 시작했습니다. 마침내 섬 주위의 흰 물거품 외에는 아무것도 보이지 않았습니다. 갑자기 머리 위에서 부드러운 빛의 물결이 쏟아져 내렸습니다. 등대에 불이 켜진 것입니다. 밝은 광선은 섬 전체를 어둠 속에 남겨둔 채 바다 한복판으로 뻗어나갔습니다. 나를 살짝 스치며 지나가는 커다란 빛의 물결을 보며, 나는 밤의 어둠 속에 싸였습니다. 그러나 바람이 점점 쌀쌀해지고 있어서 곧 안으로 들어가야만 했습니다. 나는 손으로 더듬어 커다란 문을 닫고 쇠로 된 빗장을 지른 다음, 다시 더듬더듬 주철로 된 좁다란 계단을 올라갔습니다. 발밑의 계단이 흔들리며 삐걱거리는 소리를 냈습니다. 등대 위에 다다랐습니다. 그곳은 바로 빛의 발원지였지요.

여섯 줄의 심지가 있는 커다란 카르셀 램프를 상상해 보세요. 그 주위를 서서히 돌고 있는 등화실의 칸막이 몇 개에는 수정 렌즈가 박혀 있었는데, 불이 꺼지지 않도록 바람막이 역할을 하는 커다란 고정 유리판 쪽으로 열려 있었습니다. 그곳에 들어서면 눈이 부셨습니다. 구리, 주석, 백색 금속의 반사경, 커다랗고 푸른 원광을 그리며 돌고 있는 오목한 유리벽, 이 모든 반사광과 심지가 타는 소리에 나는 잠시 현기증을 느꼈습니다.

하지만 얼마 동안 그렇게 있으니 방 안의 모습이 점점 눈에 익숙해졌고, 나는 등불 바로 밑에서 잠을 쫓기 위해 큰 목소리로 『플루타르크 영웅전』을 읽고 있는 등대지기 곁으로 다가가 앉았습니다.

밖은 칠흑처럼 어두웠습니다. 또한 유리벽을 둘러싼 작은 테라스에서는 바람이 미친 듯이 울부짖었습니다. 등대는 삐걱거리고 바다는 으르렁거렸습니다. 파도는 격노한 듯이 섬 끝의 암초에 부딪히며 포성처럼 고함을 질렀습니다. 이따금 보이지 않는 손가락이 유리창을 두드렸는데, 그것은 불빛을 보고 달려드는 밤새들이 유리에 머리를 부딪치는 소리였습니다. 따듯하게 밝은 등대 안은 램프의 심지가 타는 소리, 방울방울 떨어지는 기름 소리, 사슬이 감기는 소리가 들려올 뿐이었습니다. 그리고 데케트리우스 팔레레우스의 생애를 낭독하는 단조로운 목소리뿐이었습니다.

12시가 되자 등대지기는 자리에서 일어나더니 등불의 심지를 다시 한 번 확인했습니다. 우리는 등화실에서 함께 내려왔습니다. 내려가다 보면 계단에서 눈을 비비며 올라오는 두 번째 당번과 마주쳤습니다. 우리는 그에게 물통과 『플루타르크 영웅전』을 건네주었습니다. 잠자리에 들기 전에 등대지기는 쇠사슬, 커다란 시계추, 주석의 용기, 밧줄 등이 잔뜩 들어 있는 구석방에 잠시 들러, 작은 램프의 희미한 불빛 아래에서 항상 펼쳐져 있는 커다란 노트에 그날의 등대일지를 기록했습니다.

'자정, 파도가 높음, 폭풍우, 멀리 바다에 배가 보임.'

두 여인숙

7월의 어느 날 오후, 나는 님(프랑스 남부 도시)에서 돌아오는 길이었습니다. 찌는 듯이 무더운 날이었습니다. 하늘에는 은빛의 밝은 햇살이 가득하고, 작은 참나무와 올리브나무 동산 사이로 끝없이 뻗은 길에서는 뽀얀 먼지가 일었습니다. 그늘이라곤 보이지 않았고, 한 줄기 바람도 일지 않았습니다.

길에는 뜨거운 아지랑이가 피어오르고 매미들은 미친 듯이 소란스럽게 울어댔습니다. 그 소리들은 빠른 템포의 음악처럼 귀가 따갑도록 들려왔습니다. 마치 빛으로 가득한 넓은 대기의 진동이 소리를 내는 듯했습니다. 나는 두 시간째 사막 한가운데를 걷고 있었습니다. 그때 순간 도로의 먼지 속으로 하얀색 집들이 눈에 들어왔습니다. 그것은 생 뱅상이라고 불리는 역마를 갈아타던 곳이

090

었습니다. 대여섯 채의 농가와 붉은 지붕의 기다란 집들이 있었으며, 앙상한 무화과나무 숲속에는 빈 물통이 놓여 있었습니다. 그리고 마을의 맨 끝에 서로 마주 보고 있는 여인숙이 두 채 있었습니다.

가까이 자리한 두 여인숙은 무언가 사람의 마음을 끄는 매력이 있었습니다. 새로 세운 큰 건물의 여인숙은 활기가 넘쳐흘렀습니다. 모든 문은 활짝 열려 있었고, 여인숙 앞에는 합승 마차 한 대가 서 있었습니다. 마차에서 풀려난 말들의 몸에서는 김이 솟아오르고, 마차에서 내린 승객들은 좁다란 벽이 만들어내는 그늘에서 급히 물을 마시고 있었습니다. 마당은 노새와 수레로 북새통을 이루었고, 헛간 아래에서는 마차꾼들이 더위를 식히며 누워 있었습니다. 여인숙 안에서는 고함 소리, 욕지거리소리, 식탁을 내리치는 소리, 술잔을 부딪치는 소리, 당구 치는 소리, 레먼 술병의 병마개 따는 소리가 들려왔습니다. 그리고 이 모든 소리보다도 한결 더 크게 들리는 유쾌한 노랫소리가 유리창 너머로 흘러나왔습니다.

아름다운 마르고통
아침 일찍 일어나
은주전자 손에 들고

그에 반해 이 여인숙과 마주 보고 있는 여인숙은 버려진 집처럼 적막에 싸여 있었습니다. 문턱에는 잡초가 우거져 있었고, 덧문도 부서져 있었습니다. 온통 곰팡이로 뒤덮인 호랑가시나무의 썩은 가지가 문 위에 낡은 깃 장식처럼 매달려 있었고, 문턱은 길가에 나뒹구는 돌로 괴어놓고 있었습니다. 모든 것이 너무나 초라하고 비참해 보여서 그 집에 들어가 술을 먹는다는 것 자체가 큰 자선을 베푸는 행위처럼 보였습니다.

안으로 들어가니 음침하고 쓸쓸해 보이는 긴 방이 있었습니다. 눈부신 햇살은 커튼도 쳐 있지 않은 세 개의 커다란 창문을 통해 새어 들어오고 있었는데, 그 햇살이 오히려 방 안을 한층 더 음산하고 쓸쓸하게 만들었습니다. 삐걱거리는 식탁 위에는 먼지가 뽀얗게 앉은 유리잔들이 아무렇게나 놓여 있는 데다가 다리 하나는 부러져 있었습니다. 당구대는 네 모서리가 사발처럼 움푹 파인 채 천이 찢어져 있었고, 누렇게 바랜 소파, 낡은 계산대는 숨 막힐 듯한 열기 속에서 불결하게 잠들어 있었습니다. 그리고 수많은 파리! 나는 아직 한 번도 그토록 많은 파리를 본 적이 없습니다. 파리는 천장에, 유리창 위에, 술잔 속에 우글우글 붙어 있다가 내가 문을 열자, 벌집을 건드린 것처럼 붕붕거렸습니다.

방 한쪽에는 한 여인이 유리창 앞에 서서 넋을 잃고 밖을 내다보고 있었습니다. 나는 두 번이나 그녀를 불렀습니다.

"여보세요, 아주머니!"

여인은 서서히 돌아섰습니다. 튼 살갗에다 주름투성이의 흙빛 얼굴을 한 촌 아낙네의 가련한 모습이었습니다. 노파들이 쓰는 갈래갈래 길게 늘어진 레이스를 두르고 있었습니다. 하지만 그녀는 노파가 아니었습니다. 단지 눈물을 너무 많이 흘려서 얼굴이 몹시 찌들어 있을 뿐이었습니다.

"무슨 일이세요?"

여인은 눈물을 훔치며 물었습니다.

"잠깐 쉬면서 뭐라도 좀 마실까 하는데요."

그러자 여인은 알 수 없다는 듯이 자리에서 꼼짝도 하지 않은 채 놀란 눈으로 나를 뚫어져라 쳐다보았습니다.

"여긴 여인숙이 아닌가요?"

여인은 한숨을 쉬며 대답했습니다.

"맞아요, 여인숙이죠. 그런데 왜 손님은 다른 사람들처럼 건너편 여인숙으로 가지 않으세요? 거기가 훨씬 편할

텐데⋯⋯."

"너무 시끌벅적해서⋯⋯. 여기서 쉬는 게 좋겠어요."

대답도 기다리지 않고 나는 식탁 앞으로 가서 앉았습니다. 여인은 내 말이 진심이라고 생각했는지 술잔을 씻고, 술병을 가져오고, 파리를 쫓는 등 아주 바쁘게 서두르기 시작했습니다. 마치 손님 하나를 접대하는 것이 여인에게는 큰 사건이라도 되는 듯했습니다. 그러다가도 불쌍한 여주인은 가끔씩 일손을 놓고는 도저히 잘해낼 수 없을 것 같은 표정으로 생각에 잠기곤 했습니다.

잠시 후 여인은 구석방으로 들어갔습니다. 큰 열쇠 꾸러미를 덜거덕거리며 자물쇠를 여는 소리, 빵 통을 뒤적거리는 소리, 후후 부는 소리, 먼지를 털며 접시를 닦는 소리 등이 들려왔습니다. 간간이 긴 한숨과 함께 억제하지 못해 흘러나오는 흐느낌 소리가 들려오기도 했습니다.

그렇게 준비하는 데 15분 정도의 시간을 보낸 뒤, 여인은 건포도 한 접시와 돌처럼 딱딱하게 굳은 빵과 값싼 포도주 한 병을 내 앞에 갖다 놓았습니다.

"여기 있어요."

그 별난 여인은 그렇게 말하고는 곧 창문 앞의 자기 자리로 되돌아갔습니다. 나는 술을 마시면서 여인에게 말을 시켜 보려고 했습니다.

"아주머니, 손님이 많지 않나 보군요?"

"네, 맞아요! 한 사람도 오지 않아요. 하지만 이 고장에 우리 집만 있었을 때는 이렇지 않았어요. 여기가 길목이 었기 때문에 여기서 말을 갈아타기도 하고 검둥오리 사 냥철이면 사냥꾼들이 와서 식사를 했어요. 1년 내내 마 차가 줄을 이었지요. 그런데 이웃에 여인숙이 생긴 뒤로 는 완전히 망해버렸어요. 많은 사람이 건너편 집을 더 좋 아해요. 우리 집이 아주 음침해 보인다는 거예요. 우리 집이 즐겁지 않다는 건 사실이죠. 게다가 저는 예쁜 얼굴 도 아닌 데다가 열병을 앓는 바람에, 두 딸마저 죽어버려 서…….

하지만 저 집은 웃음소리가 그치질 않지요. 아를 출신 의 여자가 여인숙을 경영한대요. 레이스가 달린 옷차림 에 세 줄이나 되는 금 목걸이를 하고 있는 아름다운 여 자거든요. 게다가 역마차의 마부가 그녀의 애인이라서 마차를 그쪽으로 대지요. 더구나 애교 넘치는 몇 명의 여자 하녀가 심부름을 하거든요. 그래서 단골손님들도 있어요. 브주수와 르드상과 종키에르의 젊은이들은 모 두 그녀의 손님이죠. 마차꾼들도 그 여자를 보려고 일부 러 길을 돌아서 간대요. 하지만 우리 집에 찾아오는 손 님은 아무도 없으니, 이렇게 하루 종일 넋을 놓고 앉아 있을 수밖에요."

　여인은 계속 창문 쪽으로 얼굴을 향한 채 무심한 말투로 냉담하게 말했습니다. 건너편 여인숙에 그녀의 마음을 빼앗는 무언가가 분명히 있는 듯했습니다.

　별안간 길 건너편이 몹시 소란스러워졌습니다. 역마차가 뿌연 먼지 속에서 흔들거렸습니다. 채찍 소리가 나고 마부의 나팔 소리가 울려왔습니다. 심부름하는 하녀들이 문 앞으로 뛰어나오며 소리쳤습니다.

　"안녕히 가세요, 안녕히……."

　그리고 이런 와중에서도 조금 전의 그 근사한 목소리가 다시 들려왔습니다.

　은주전자 손에 들고

　샘터로 갔네

　거기서는 보이겠지

　세 기사가 오는 것이

　이 소리를 들은 주인 여자는 전율하면서 내게로 돌아섰습니다.

　"들으셨어요? 우리 주인 양반이에요. 정말 잘 부르죠?"

　여인은 낮은 목소리로 말했습니다.

"네? 주인 양반이라니요! 그럼 바깥양반도 저쪽 집으로 가나요?"

그러자 여인은 아주 조용한 목소리로, 하지만 서글픈 미소를 머금고 말했습니다.

"어쩌겠어요? 남자들이란 다 그런걸요. 우는 모습을 좋아하는 남자는 없어요. 그런데 저는 딸들을 잃은 뒤로는 언제나 눈물만 흘리고 있거든요. 더구나 아무 왕래가 없는 큰 집은 정말 쓸쓸하거든요. 그래서 가엾은 그이는 참기 어려울 정도로 답답해질 땐 건너편 집으로 가서 술을 마셔요. 그이는 목소리가 좋아서 그 아를 출신 여자가 노래를 시키지요. 쉿! 그이가 또 시작하려나 봐요."

여인은 몸을 떨며 손을 앞으로 모았습니다. 그녀의 얼굴을 더욱 추하게 만드는 굵은 눈물방울을 쏟아내며 창 앞에서 남편 호세가 아를 출신 여자에게 들려주는 노랫소리를 가만히 듣고 있었습니다.

첫 번째 기사가 말했네
안녕, 아름다운 아가씨!

세미양트 호의 최후

지난밤에 불어온 거센 북서풍이 우리들을 코르시카 섬으로 인도했으니, 이번엔 그곳의 어부들이 밤새 들려주곤 하던 아주 무서운 바다 이야기를 하나 해드릴까 합니다. 저도 이 흥미로운 이야기를 아주 우연히 듣게 되었습니다.

그러니까 한 2, 3년 전의 일이었습니다. 나는 일고여덟 명의 세관 선원들과 함께 사르디니아 해를 지나고 있었습니다. 배를 처음 타본 내게는 정말 힘든 항해였지요! 3월이었지만 하루도 날씨가 좋은 적이 없었습니다. 동풍은 우리를 따라다니며 괴롭혔고 바다 또한 하루도 잠잠할 날이 없었습니다.

결국 어느 저녁, 우리는 폭풍우를 피해 보나파치오 해

협 어귀의 작은 섬 중 하나에 배를 대야 했습니다. 별로 특별할 것도 없는 섬이었습니다. 풀 한 포기 없는 커다란 바위들을 새 떼가 뒤덮고 있었고 군데군데 약쑥과 유향 나무들이 자라고 있었습니다. 여기저기에 생긴 흙 웅덩이에서는 나뭇가지들이 썩어가고 있었습니다. 하지만 파도가 들이닥칠지 모르고 물이 새는 갑판보다는 음산한 바위틈에서 밤을 보내는 게 더 나았습니다.

배에서 내린 선원들이 서둘러 생선 수프를 끓일 불을 피우는 동안 선장이 나를 불렀습니다. 선장은 안개로 희뿌연 섬 끝자락에 있는, 하얀 돌로 낮게 만든 울타리를 가리키며 내게 말했습니다.

"묘지에 함께 가시겠소?"

"묘지라고요? 리오네티 선장님? 도대체 여긴 어딥니까?"

"라베지 섬이에요. 600명이나 되는 세미앙트 호의 선원들이 묻힌 곳입니다. 10년 전 이곳에서 그들이 탄 군함이 침몰했어요. 가엾게도, 찾아오는 사람이 거의 없답니다. 그래서 우리라도 인사를 하러 가보려고요."

"좋습니다, 선장님."

선원들의 무덤은 너무도 적막했습니다. 낮고 작은 담벼락, 녹이 슬어 잘 열리지 않는 철문, 조용한 예배당과 잡초에 덮인 수백 개의 검은 십자가가 아직도 기억에 생생합니다. 조화도, 화환도, 추모물도 아무것도 없었지요. 아, 추워서 떠는 것이 당연하다는 듯 이름 없는 무덤 속에 버려진 불쌍한 죽음들!

우리는 잠시 무릎을 꿇었습니다. 선장은 큰 소리로 기도를 했습니다. 홀로 묘지를 지키던 커다란 갈매기들이 머리 위를 빙빙 돌며 거친 목소리로 울었고, 그 소리는 바다의 울음소리와 뒤섞였습니다.

기도를 마치고 우리는 침울한 마음으로 배가 정박해 있는 섬 반대편으로 돌아왔습니다. 우리가 자리를 비운 사이에도 선원들은 시간을 허비하지 않았습니다. 바위 안 동굴에는 모닥불이 타올랐고, 냄비에서는 김이 모락모락 피어오르고 있었습니다. 모두 둥글게 둘러앉아 불에 발을 녹였습니다. 잠시 후 소스를 잔뜩 바른 검은 빵 두 조각을 붉은 토기 그릇에 담아 각자 무릎 위에 올려놓았습니다. 조용한 침묵 속에서 식사가 시작되었습니다. 물에 흠뻑 젖은 데다 몹시 배가 고팠고 더구나 묘지 근처였기 때문입니다. 그릇을 다 비우고 담배에 불을 붙이고 나서야 우리는 조금씩 이야기를 나누기 시작했습니다.

대화는 자연스레 세미양트 호에 대한 이야기로 흘러갔습니다.

"그런데 어떻게 그런 일이 일어나게 되었나요?"

생각에 잠긴 듯 머리를 두 손으로 받치고 불꽃을 응시하던 선장에게 물었습니다.

"어떻게 그런 일이 일어나게 되었느냐고요?"

착한 리오네티 선장이 깊은 한숨을 내쉬며 되물었습니다.

"선생, 사실 그걸 정확히 얘기해줄 사람은 없답니다. 침몰하기 전날 밤 세미양트 호가 크리미아로 가는 원정대를 태우고 악천후 속에 툴롱으로 떠났다는 게 알려진 전부이지요. 밤이 깊어질수록 날씨는 나빠졌어요. 유례없는 심한 폭풍우가 몰아치면서 바다도 거칠었고요. 아침이 되면서 바람은 조금 잦아들었지만 바다는 여전히 거칠었고 한 치 앞도 보이지 않는 지독한 안개에 휩싸여 있었습니다. 그런 안개가 얼마나 위험한지 선생은 잘 모르실 거요. 그건 그렇고, 아마도 세미양트 호는 벌써 아침나절에 방향키를 잃어버린 듯합니다. 그런 안개 속에서 선장이 멀쩡한 배를 이곳까지 끌고 와서 부서뜨렸을리는 만무하니까요. 그 선장은 모두가 알아주는 뱃사람이었답니다. 3년 동안이나 코르시카 기지를 진두지휘했지요. 다른 곳이라면 몰라도 이곳 해안에 대해서는 저만큼이나 훤했답니다."

"세미앙트 호는 몇 시쯤에 침몰했답니까?"

"정오쯤이었을 걸요. 맞아요, 한낮이었지요. 하지만 한낮이면 뭐합니까? 안개가 끼어 바다가 늑대의 뱃속처럼 캄캄했을 텐데……. 해안 세관원이 내게 말하길, 그날 11시 30분경 덧문을 닫으려고 집에서 나왔다가 모자가 바람에 날아가버리는 통에 거친 파도를 무릅쓰고 주우려다가 해안선을 네발로 기어 빠져나왔다고 하더군요. 제 말을 이해하시겠죠? 부유하지 않은 세관원들에게 모자는 무척 비싼 물건이니까요. 그런데 세관원이 어느 순간 고개를 들어 보니 안개 속 아주 가까운 곳에서 커다란 배 하나가 돛대에 물기 하나 없이 바람에 떠밀려 라베지 섬 쪽으로 흘러가더랍니다. 배가 하도 빨리 지나가는 통에 세관원도 자세히 보지 못했답니다. 하지만 그 배가 세미앙트 호임은 틀림없었던 것 같습니다. 왜냐하면 30분쯤 뒤, 이 섬의 양치기도 여기 바위에서 소리를 들었다고 했거든요! 아, 저 친구가 바로 그 양치기입니다. 직접 한번 얘기를 들어보세요. 어이, 팔롱보! 이리 와서 몸 좀 녹이게나, 겁먹지 말고."

두건을 쓴 그 남자는 조금 전부터 우리가 있는 모닥불 주위를 서성이고 있었습니다. 나는 그가 우리 배의 선원이라고 생각했습니다. 이런 섬에 목동이 있을 거라고는 생각지 못했던 겁니다. 양치기는 겁먹은 듯 우리 쪽으로 다가왔습니다.

그는 늙은 나환자였고 지능이 좀 떨어져 보였는데, 괴혈병에 걸린 듯한 두터운 아랫입술은 보기에 흉측했습니다. 그는 우리가 하는 설명을 간신히 알아들었습니다. 노인은 아픈 입술을 손가락으로 추켜올리며 그날 오후에 숙소 안에서 들었던 문제의 그 바위에 부딪쳐 깨지는 소리의 정체에 대해 이야기해주었습니다.

섬 전체가 물에 잠겨 있었기 때문에 그도 곧바로 나가볼 수는 없었습니다. 다음 날 겨우 문을 열고 나가보니 해안가에는 바다가 쏟아놓은 파편과 시체가 그득했답니다. 너무 놀란 그는 배를 잡아타고 이 사실을 알리러 보나파치오로 향했다고 합니다.

말을 많이 한 탓에 피곤했던지 목동은 자리에 주저앉았고 선장이 대신 이야기를 이어갔습니다.

"그래요, 선생. 저 불쌍한 노인이 우리에게 그 사실을 알리러 왔었습니다. 겁에 질린 나머지 거의 미쳐 있었지요. 이후로도 아직 정신이 혼란한 상태고요. 그럴 만도 해요. 생각해보십시오. 600여 구의 시신이 나뭇조각, 깨진 돛들과 엉켜 모래 위에 나뒹굴고 있는 모습을요! 불행한 세미양트 호! 바다는 순식간에 배를 산산조각 내버렸지요. 얼마나 산산조각으로 부서졌던지 폐허 속에서 양

103

치기 팔롱보가 오두막 주변에 울타리를 세울 나뭇조각 하나 발견하기 힘들었지요. 시신은 모두 형체를 알아볼 수 없을 정도로 끔찍하게 훼손되어 있었습니다. 시체들이 뒤얽힌 모습이 얼마나 처참하던지……. 우리는 제복 차림의 선장 시신과 목에 스톨라를 두른 부속 사제의 시신을 찾아냈습니다. 구석진 바위틈에서 눈을 뜨고 죽어 있는 어린 선원의 시신도 찾아냈지요. 처음에는 그가 아직 살아 있다고 생각했습니다. 하지만 천만에요! 아무도 죽음을 피해갈 수 없었지요."

선장은 이 대목에서 말을 멈추더니 갑자기 소리를 질렀습니다.

"이봐, 나르디! 불이 꺼지려고 하잖아."

나르디가 모닥불에 역청을 칠한 나무판 두세 조각을 던져 넣자 다시 불꽃이 살아났습니다. 선장이 이야기를 계속했습니다.

"그런데 더 가슴 아픈 건요. 참사가 일어나기 3주 전, 세미양트 호처럼 크리미아로 가던 작은 군함 한 척이 거의 같은 지점에서 비슷한 이유로 난파된 적이 있다는 사실입니다. 그때는 뱃머리에 있던 선원들과 스무 명의 수송부 대원들을 구조할 수 있었지요. 하지만 웬걸! 수송 대원들의 불운은 끝난 게 아니었던 겁니다. 우리 선박은 그들을 구조해 보니파치오 섬에서 이틀간 보살펴주었지요. 젖은 몸도 말리고 기운도 회복한 그들은 '안녕!', '행운을 빕니다.'라고 인사하며 툴롱으로 되돌아갔어요. 거기서 얼마 동안 머물다가 그들은 다시 크리미아로 출항했던 겁니다. 헌데 그들이 어느 배를 타고 출항했는지 아십니까? 바로 세미얀트 호였어요. 우리가 있는 이 자리에서 그 스무 명의 병사 시신을 모두 찾아냈지요. 우리 집에 머무는 동안 자신의 옛날이야기를 들려주며 우리를 웃기던, 멋진 콧수염을 기른 파리 출신의 귀여운 금발 기병의 시신도 제가 직접 찾아냈어요. 그를 다시 보았을 때의 심정이란……. 오! 성모 마리아님."

리오네티 선장은 여기까지 말하고 감정이 북받쳤는지 파이프 재를 털어 냈습니다. 그리고 내게 잘 자라는 인사를 건네며 외투를 뒤집어 썼습니다. 남은 선원들은 얼마 동안 두런두런 이야기를 나누었지만 하나둘씩 파이프가 꺼졌고 더 이상 아무 소리도 들리지 않았습니다. 늙은 목동도 돌아갔고 나는 잠든 선원들 사이에서 혼자 몽상에 잠겼습니다.

방금 들은 슬픈 이야기의 여운 속에서 나는 부서진 군함과 갈매기들만 목격했을 그 최후의 장면을 머릿속에 그려보려고 애썼습니다. 생생한 장면 몇 개가 머릿속에 떠올랐습니다. 제복을 입은 선장, 목에 스톨라를 두른 사제 그리고 스무 명의 수송대 병사들…… 이들을 통해 나는 이 비극적 사건의 전말을 구성해보았습니다.

한밤중, 툴롱을 향해 떠나는 군함이 보입니다. 군함이 항구를 출발합니다. 바다는 사납고 바람은 거셉니다. 하지만 선장은 백전노장의 바다 사나이였고 승선하는 사람들도 모두 침착함을 잃지 않고 있었습니다.

아침이 되자 바다에 안개가 올라왔습니다. 사람들은 슬슬 걱정하기 시작합니다. 선원들 모두가 갑판 위에 서 있습니다. 선장도 선미루 갑판을 지키고 있습니다. 병사들이 있는 중갑판은 해가 들지 않아 컴컴하고 대기는 후덥지근합니다. 몇몇 아픈 병사들은 배낭에 기대 누워 있습니다. 술 취한 듯 배가 심하게 흔들립니다. 서 있는 것이 불가능할 지경입니다. 사람들은 벤치를 부여잡고 바닥에 주저앉거나 옹기종기 모여 이야기를 나눕니다. 이야기 소리를 들으려면 크게 소리를 질러야 합니다.

"이봐! 이 지역에서 배들이 자주 침몰한다던데!"

지난번 사고를 당했던 병사들이 들려주는 이야기에 사람들은 더욱 불안해합니다. 특히 이야기를 재미있게 잘하는 파리 출신 기병이 오싹한 농담을 던집니다.

"난파라! 거참 신나는 일이지. 얼음 목욕을 마치고 나오면 보니파치오로 가서 라오네티 선장님의 집에 초대받아 티티세 요리를 맛보게 될 거야."

전에 사고를 당했던 병사들이 웃음을 터뜨립니다. 그 순간 갑자기 우지끈 소리가 납니다.

"뭐지? 무슨 일이 일어난 거야?"

"방향키가 빠졌어."

물에 흠뻑 젖은 선원이 급히 중갑판을 가로지르며 소리칩니다.

"잘 가게."

여전히 농담에 취한 기병이 소리치지만 이번엔 아무도 웃지 않습니다.

갑판 위에 한바탕 소란이 일어납니다. 안개 때문에 앞이 보이지 않습니다. 겁에 질린 선원들이 더듬거리며 갑판을 오갑니다. 방향키가 없다니! 이제 배를 조종할 수 없습니다. 방향을 잃은 세미양트 호는 바람처럼 앞으로 돌진합니다. 바로 그 순간이었을 겁니다. 세관원이 세미양트 호를 본 것은! 그때가 11시 반이었겠지요. 배 앞쪽에서 대포 소리 같은 굉음이 울립니다. 암초다! 암초! 이제 끝장입니다. 이제 희망이 없습니다. 배는 해안으로 곧장 돌진합니다. 선장은 자기 선실로 내려가고…… 얼마

뒤 제복을 갖춰 입고 뱃머리에 다시 섭니다. 멋지게 죽음을 맞고 싶었던 겁니다.

중갑판에서는 겁에 질린 병사들이 침묵 속에 서로를 바라봅니다. 아픈 병사들은 일어서려고 애씁니다. 농담을 좋아하던 어린 기병도 이제 웃음을 잃었습니다. 그 순간 문이 열리며 스톨라를 두른 부속 사제가 입구에 모습을 드러냅니다.

"다 함께 무릎 꿇고 기도드립시다."

모두 그의 말을 따릅니다. 사제가 낭랑한 목소리로 임종을 위한 기도를 올립니다.

그와 함께 갑자기 엄청난 충격이 가해지고, 짧은 비명 소리와 기나긴 비명, 내뻗는 팔과 움켜쥔 손아귀, 겁에 질린 시선, 그 위로 빛처럼 죽음의 환영이 스쳐갑니다.

오, 하느님……!

나는 이렇게 10년의 간격을 두고 내 주위에 잔해로 떠도는 불행한 난파선의 유령을 떠올리며 밤을 지새웠습니다. 저 멀리, 해협에는 아직도 거친 파도가 일고 있었습니다. 야영지의 불꽃은 바람에 흔들렸고 바위 밑으로 우리 배를 묶어놓은 밧줄이 춤을 추듯 흔들리며 윙윙 소리 내어 울고 있었습니다.

어머니

그날 아침에 나는 세느 면 소속의 유동병 중위이자 화가인 B군을 만나러 발레리앙 산으로 갔습니다. 그런데 그는 위병 근무 중이라서 자리를 비울 수가 없었지요. 그래서 우리는 파리 이야기, 전쟁 이야기, 먼저 죽은 그리운 친구들 이야기를 나누면서 마치 당직 수병이라도 된 듯이 보루 앞을 왔다 갔다 하는 수밖에 없었습니다. 그는 유동병의 군복 차림이었지만, 여전히 전과 다름없는 화가다운 풍모를 지니고 있었습니다. 그런데 갑자기 그가 이야기를 멈추고 앞을 보더니 내 팔을 잡고는 속삭이듯 말했습니다.

"아, 도미에의 그림처럼 아름답다!"

그러고는 사냥개의 눈처럼 번뜩이는 조그마한 잿빛 눈으로 발레리앙 산의 고원에 있는 두 노인을 가리켰습니다.

두 사람의 모습은 정말로 아주 멋들어진 도미에의 그림이었습니다. 두 노인 중 남자는 밤색 프록코트를 입고 있었는데, 녹색의 빌로드로 된 칼라가 나무의 묵은 이끼처럼 보였습니다. 키는 자그마하고 얼굴은 몹시 가냘프고 불그레했으며, 이마는 좁고, 눈은 둥글고, 코는 부엉이의 부리와 흡사한 매부리코였습니다. 주름살투성이의 얼굴은 새 같은 성스러움이 있었지만, 반면 약간 우둔해 보이기도 했습니다.

두 노인 중 여자는 꽃무늬가 새겨진 바구니에 병뚜껑이 삐죽하니 보이도록 술병을 담아 들고, 다른 쪽 팔에는 파리 사람들이 본다면 영락없이 다섯 달 동안의 포위를 생각나게 했을 낯익은 통조림을 들고 있었습니다. 첫눈에 보아도 여자는 자신의 비참한 처지를 보여 주는 듯한, 커다란 머릿수건과 위에서 아래까지 몸을 꼭 죄고 있는 낡은 숄을 걸치고 있었습니다. 하지만 낡은 수건의 주름 장식 사이로 날카로운 코끝과 잿빛의 성긴 머리카락이 드러나 보였습니다.

남자는 공원에 도착하자, 잠깐 동안 휴식을 취하고 이마의 땀을 씻으려는 듯 발길을 멈추었습니다. 안개에 둘러싸인 11월의 고원은 그렇게 춥지 않았습니다. 그러나 두 사람은 아주 빨리 걷고 있었습니다.

여자는 걸음을 멈추지 않고 곧장 갱도 쪽으로 걸어가면서 우리에게 말이라도 걸려는 듯 망설이는 것 같았습니다. 하지만 우리를 슬쩍 쳐다보더니 장교 소매의 금줄을 보고는 기가 질렸는지 보초병에게 말을 걸었습니다. 나는 그녀가 제3대대 6중대의 파리 유동 대원으로 있는 아들을 면회하고 싶다고 조심스럽게 부탁하는 말을 들을 수 있었습니다.

"여기서 기다리십시오. 제가 불러드리겠습니다."

보초병이 말했습니다.

여자는 안도의 숨을 내쉬면서 아주 기쁜 표정으로 남편에게 갔습니다. 두 노인은 우리와 약간 떨어져 있는 경사진 길 한쪽에 자리를 잡고 앉았습니다.

그곳에서 그들은 상당히 오랜 시간을 기다렸습니다. 발레리앙 산은 아주 넓었는데, 그 안에는 광장, 경사지, 보루, 관사 등이 뒤섞여 있었습니다. 그런데 라퓌타 섬처럼 하늘과 땅 사이에 걸린 채 구름 속에 소용돌이치며 떠 있는 듯한 이 혼잡한 도시에서 제6중대 유동 대원을 찾으려 하다니! 더구나 그 시간에 보루는 북소리, 나팔 소리, 덜그럭거리는 물통 소리로 여간 시끄러운 게 아니었습니다. 뛰어다니는 병사들, 교대 중인 보초병, 사역하

는 병사들, 식사 분배 중인 병사들, 의용병의 총개머리에
맞아서 피투성이가 된 채 끌려오는 간첩, 사령관에게 탄
원하러 오는 낭테르의 주민들, 추위에 얼어붙은 채 말을
달려오는 전령병, 당나귀의 움직임에 몸이 흔들려 병든
새끼 양처럼 힘없이 소리로 신음하는 부상병들을 실어
오는 수레들, 호루라기 소리에 맞추어 "영차, 영차!" 하며
포를 끌고 가는 포병들 그리고 붉은 바지에 장대를 들고
등에는 총을 비스듬히 멘 채 보루의 가축 떼를 몰고 가
는 목동들은 넓은 뜰을 왔다 갔다 하면서 마치 동방의 힌
두교도들이 하룻밤 묵으러 문이 낮은 주막으로 들어가듯
갱도로 들어갔습니다.

그러는 동안 그 여자는 가련한 눈빛으로 말했습니다.

"저 군인들이 우리 아이 일을 잊어버리면 안 되는
데……."

그리고 그녀는 5분마다 일어나 살금살금 입구로 다가
가 왕래하는 사람들에게 방해가 되지 않도록 몸을 담에
바짝 붙이고는 앞뜰을 흘끔 넘겨다보곤 했습니다. 하지만
자기 아들이 웃음거리가 되어버리지는 않을까 하는 염려
에 더 이상 아무것도 물을 수가 없었습니다. 아내보다 더
욱 소심한 남편은 그 자리에서 꼼짝도 하지 않았습니다.
아내가 낙담하여 슬픈 표정으로 돌아와 앉을 때마다 오히

려 아내를 참을성이 없다고 꾸짖는 것 같았습니다. 그러고는 거들먹거리며 우둔한 몸짓으로 근무가 우선이라는 말을 귀찮다는 듯 설명하는 모습이 보였습니다.

나는 눈으로 직접 보지는 않았지만, 가족 간의 무언의 언쟁이 머릿속에 그려졌습니다. 우리가 있는 바로 곁에서 연출되는, 단 하나의 행동만으로 그들의 생활을 송두리째 알 수 있게 하는 이 노상의 무언극에 흥미를 느꼈습니다. 그중에서도 특히 나의 관심을 끈 것은 두 사람의 투박한 순진성이었습니다. 천사 같은 두 배우의 마음속을 들여다보면서, 깨끗하면서도 의미가 깊은 무언극을 통해 아름다운 한 가정의 모습을 느끼고 감동을 받았던 것입니다.

"그 트로쉬 씨는 참 극성스런 사람이구먼. 규칙 같은 걸 만들어놨으니……. 벌써 3개월째 아들을 못 봤는데……, 만나면 힘껏 안아주고 싶어."

남자는 원래 소심한 성격으로 생활고에 지쳐 있는 데다 허가를 받기 위해 뛰어다닐 생각을 하니 너무도 까마득해서, 처음에는 아내를 설득하기 위해 이렇게 말했습니다.

"여보, 그런 말 말아요. 발레리앙 산은 아주 큰 산이오. 그런데 탈것도 없으면서 어떻게 거길 가겠다는 거요. 더구나 그곳은 요새라 여자는 들어가지도 못한단 말이오."

그러나 부인은 이렇게 말했습니다.

"나는 들어갈 수 있어요."

남편은 아내가 원하는 것은 다 들어주고 싶었기 때문에 서둘러 준비했습니다. 관할 지구에 가는가 하면, 구청과 사령부에 다녀오기도 하고 서장을 찾아가기도 했습니다. 때로는 두려움으로 식은땀을 흘리며 추위에 꽁꽁 언 채 두 시간씩이나 줄을 서서 기다리기도 했습니다. 그러다가 입구를 잘못 찾아 다른 사무실에 가기도 했습니다. 그러나 결국 어느 날 저녁, 사령관의 허가증을 받아 주머니에 넣고 돌아왔습니다.

그리고 다음 날, 그들은 아침 일찍 쌀쌀한 날씨가 풀리기도 전에 일어나 등불을 켰습니다. 남자는 몸을 녹이기 위해 굳은 빵 한 조각을 씹어봤지만, 여자는 배가 고픈 것도 느끼지 못했습니다. 그들은 아들을 만나 부대에서 함께 식사하기로 결정했습니다. 군대에서 고생하는 아들에게 맛있는 것을 조금이라도 더 많이 먹이려고 이 포위된 도시 안의 식료품들을 바구니 안에 가득 채웠습니다. 초콜릿, 잼, 마개를 따지 않은 포도주, 배고픔에 대비해서 8프랑이나 주고 산 통조림까지 담았습니다. 그렇게 출발을 서둘러 성곽에 도착했을 때는 이미 통로가 열려 있었습니다. 수속에 별 문제는 없었던 것 같았습니다.

"통과시켜 드려라!"

근무 중인 부관이 말했습니다.

어머니는 그제야 안도의 숨을 내쉬었습니다.

"그 장교, 아주 예의가 바른 것 같아요."

여자는 자고새처럼 종종걸음을 쳤습니다. 남자가 간신히 따라갈 수 있을 정도로 여자는 빠르게 걷고 있었습니다.

"여보, 당신 걸음이 굉장히 빠르군!"

그러나 아내에겐 그 말이 들리지 않았습니다. 지평선의 안개 속에 휩싸인 발레리앙 산이 손짓하며 '어서 와요. 그 아이가 여기 있어요.'라고 부르는 것 같았기 때문입니다. 그런데 도착하고 나니 새로운 근심거리가 생겼습니다.

만일 그 애를 못 찾는다면, 만일 그 애가 나오지 못하는 일이라도 생긴다면⋯⋯!

나는 그녀가 갑자기 전율하더니 늙은 남편의 팔을 뿌리치며 벌떡 일어나는 것을 보았습니다. 멀리 갱도의 동그란 천장 아래 울리는 아들의 발소리를 느꼈던 것입니다. 그 애였습니다! 아들의 모습이 나타나자 보루의 정면이 찬란하게 빛나는 듯했습니다.

정말로 씩씩한 청년이었습니다. 그는 매우 당당한 모습으로 배낭을 짊어진 채 총을 들고 있었습니다. 청년은

밝은 얼굴로 두 사람에게 다가서면서 사나이다운 씩씩한
목소리로 이렇게 말했습니다.

"어머니, 그동안 안녕하셨습니까?"

이윽고 순식간에 배낭과 거기에 감아 붙인 모포, 총이
모두 포옹하는 어머니의 두건 속으로 사라져버렸습니다.
다음이 아버지 차례였지만, 어머니는 모든 것을 독차지
하고 싶었던 것입니다. 어머니는 아무리 해도 만족할 줄
을 몰랐습니다.

"몸은 괜찮니? 옷은 잘 챙겨 입었고? 내의는 부족하지
않던?"

나는 그 두건 장식 밑에서 어머니가 미친 듯이 아들에
게 입을 맞추고, 눈물과 함께 미소를 한없이 흘리면서 사
랑스런 눈길로 아들의 모습을 세세히 살피고 있는 것을
느꼈습니다. 석 달이나 참아왔던 모정을 한꺼번에 쏟아
놓는 것이었습니다. 아버지 역시 매우 감격스러웠지만,
그런 내색을 하고 싶지는 않았던 것 같았습니다.

'이해해주세요. 여자라서……'

그는 우리가 쳐다보는 것을 알고는 한쪽 눈을 찡긋해
보였습니다.

물론 이해하고말고요!

그런데 이 아름다운 기쁨을 깨는 갑작스런 나팔 소리

가 울렸습니다.

"부르는 소리입니다. 그만 가봐야겠습니다."

아들이 말했습니다.

"아니, 함께 밥도 못 먹고?"

"네, 안 됩니다. 저는 저 보루 위에서 하루 종일 보초를 서야 합니다."

"아!"

가엾은 어머니는 신음 소리를 내뱉었습니다. 그리고 더 이상 말을 잇지 못했습니다.

세 사람은 한동안 꼼짝없이 곤란한 표정으로 서로의 얼굴만 쳐다보았습니다. 그러다가 마침내 아버지가 먼저 말문을 열었습니다.

"그럼, 통조림이라도 갖고 가거라."

감격스러움과 동시에 맛있는 음식을 함께 먹지 못한다는 안타까움이 교차하는 비통한 목소리였습니다. 그런데 헤어짐의 슬픔과 혼란의 와중에, 이제까지 있던 통조림이 어디로 갔는지 보이질 않았습니다. 힘없이 떨면서 찾는 손길과, "통조림, 그게 어디 갔지?" 하고 띄엄띄엄 눈물 젖은 목소리만 내는 모습은 정말 가엾어 보였습니다. 결국 통조림을 찾아냈고, 마지막으로 긴 포옹을 한 다음 아들은 보루를 향해 뛰어갔습니다.

아들과 함께 식사하기 위해 이토록 멀리까지 왔는데…….그 식사는 무엇보다 성대한 제전과도 같았을 것입니다. 이를 위해 어머니는 지난밤을 뜬눈으로 지새웠을 것입니다. 그렇게 목을 빼고 기다리던 꿈을 잃고, 잠시 동안 흘끔 본 낙원의 한 모퉁이가 순식간에 가차 없이 닫힌 것은 무엇보다도 애처로운 일이었습니다.

두 사람은 못 박힌 듯 꼼짝 않고 방금 아들이 들어간 갱도에 시선을 고정시킨 채 그대로 서 있었습니다. 마침내 남편이 먼저 몸을 한 번 흔들고 힘 있게 두세 번 기침을 했습니다. 그러고는 기운 찬 목소리로 말했습니다.

"자, 이제 갑시다!"

그는 우리를 향해 친절하게 인사를 건네고는 아내의 어깨를 감싸 안았습니다. 나는 두 사람이 길모퉁이를 돌아 보이지 않을 때까지 바라보았습니다. 남자는 화가 난 듯 바구니를 마구 휘둘렀습니다. 하지만 정작 여자는 좀 더 침착해 보였습니다. 고개를 내리고 두 팔을 몸에 붙인 채 남편과 나란히 걸어갔습니다. 그러나 가끔 좁다란 어깨 위로 숄이 경련을 일으키듯 파르르 떨리는 것이 보였습니다.

프랑스의 선녀

재판장이 말했습니다.

"피고인은 일어나시기 바랍니다."

극악무도한 여자 방화범들의 의자에서 무엇인가 움직이는 것 같더니 묘하게 생긴 형체가 몸을 떨면서 앞으로 나와 쇠 난간에 기대섰습니다. 누더기처럼 조각조각 이어진 끈과 닳아빠진 조화의 낡은 깃털 장식 밑으로 햇볕에 그을리고 초췌한 데다 살갗이 튼 처참한 얼굴이 드러났습니다. 주름살투성이의 얼굴 한가운데에 교활해 보이는 검고 조그만 두 눈은, 낡은 벽 틈으로 주위를 살피는 도마뱀의 눈처럼 불안하게 빛나고 있었습니다.

재판장이 그녀에게 물었습니다.

"이름은?"

"멜뤼진이에요."

"뭐라고 하셨습니까?"

그는 짐짓 무거운 어투로 되풀이했습니다.

재판장은 옛날 갑옷 차림의 총을 든 기마 장군처럼 근엄해 보이는 콧수염 아래로 잠시 미소를 지었다가 눈살 하나 찌푸리지 않고 계속 말했습니다.

"몇 살입니까?"

"지금은 모르겠어요."

"직업은?"

"선녀인데요."

이 대답에 방청객과 변호인, 관헌들이 전부 웃음을 터뜨리고 말았습니다. 하지만 그녀는 전혀 당황하지 않고 꿈을 꾸기라도 하는 듯 맑으면서도 조금은 떨리는 낮은 목소리로 말을 이었습니다.

"아! 프랑스의 선녀들은 어디에 있을까요? 모두 죽어 버렸지요. 내가 최후의 선녀예요. 이제 남은 선녀는 나 혼자뿐이에요. 정말로 슬픈 일이에요. 프랑스는 선녀들이 살아 있던 때가 훨씬 아름다웠으니까요. 우리 선녀들은 이 나라의 시였고, 신앙이었으며, 천진난만함과 젊음의 상징이었어요. 우리가 나타났던 모든 곳, 예를 들면 가시나무가 우거진 공원의 구석구석, 옹달샘의 바위틈, 옛 성의 낡은 탑, 안개에 덮인 호수, 늪의 드넓은 황야 등 그 모든 곳에 우리가 있었기 때문에 뭐라 형언할 수 없이 신비스럽고 위대한 무언가가 있었던 거예요.

사람들은 전설 속에서처럼, 우리가 환상적인 달빛 아래 옷자락을 끌면서, 또는 풀을 밟으면서 목장을 지나가는 모습을 보곤 했어요. 농부들은 우리를 사랑했고, 또 숭배했어요. 진주로 장식한 우리의 이마와 마법의 채찍과 실타래는, 우리를 숭배하는 순박한 사람들의 믿음에 약간의 두려움까지 더해주었죠. 우리의 샘에서는 늘 맑은 물만 나온답니다. 그리고 지상에서 제일 나이가 많은 우리는, 모든 것을 존경하도록 만들어졌기 때문에 프랑스의 이 끝에서 저 끝까지 숲이 퍼지고 저절로 바위가 무너지는 대로 내버려두고 있었던 거랍니다.

그런데 세상이 변하기 시작한 거예요. 철도라는 것이 생기면서 사람들은 터널을 만들고, 작은 호수를 메우고, 얼마나 많은 나무를 베어 냈던지, 결국 우리는 편히 쉴 곳조차 찾지 못할 지경이 되었지요.

농부들은 점점 우리의 존재를 믿지 않게 되었어요. 저녁때가 되어 우리가 창문을 두드리면 로뱅은 '바람이 부는군.' 하고 말하고는 이내 잠자리에 들고 마는 거예요. 여자들은 우리가 사는 샘으로 와서 빨래를 하게 되었어요. 그 후로 우리는 더 이상 살 수 없게 된 거죠.

우리는 사람들이 믿어야만 살 수 있거든요. 만약 그들이 믿음을 잃게 되면 우리는 모든 것을 잃은 거나 다름없어요. 우리의 채찍이 지녔던 마력은 흔적도 없이 사라지고, 여왕처럼 권세를 누렸던 우리는 사람들의 기억에서 사라져 심술쟁이 주름투성이의 할멈이 되어버리고 마는 거예요.

더군다나 먹을 것을 구해야 되는데, 우리는 아무것도 할 줄 몰라요. 한동안 사람들은 숲속에서 마른 나뭇가지를 짊어지거나, 길가에서 이삭을 줍고 있는 우리를 발견할 수 있었을 거예요. 그러나 산지기는 냉정했어요. 거기다가 농부들은 돌팔매질까지 하는 거예요. 그래요. 우리는 이미 고향 땅에서 살아갈 방법을 잃어버린 빈민처럼, 대도시로 나가 일을 해야만 했어요.

우리 중에는 제사 공장에 들어간 선녀도 있었지요. 또 어떤 선녀는 겨울철에 다리 한쪽 귀퉁이에서 사과 장사를 하기도 했고요. 또 어떤 선녀는 성당 모퉁이에서 묵주를 팔기도 했지요. 또 어떤 선녀는 오렌지를 팔기 위해 수레를 밀기도 했어요. 아무도 사주지 않는 단돈 1프랑짜리 꽃다발을 지나가는 사람들에게 강매하려는 선녀도 있었어요.

아이들은 추위에 와들와들 떨고 있는 우리를 놀려대

고, 순경들은 우리를 체포하려고 했어요. 그러다가 우리는 합승 마차에 치여 쓰러지기도 했어요. 그렇게 우리는 조금씩 병들고 굶주리다가 결국 무료 구호 병원에서 비참하게 죽어갔어요. 프랑스는 이렇게 모든 선녀를 죽게 내버려둔 거예요. 그래서 고스란히 그 보복을 받은 것이랍니다.

그래요. 그렇고말고요. 크게 웃어도 좋아요. 여러분, 하지만 그전에 선녀를 잃은 나라에 어떤 결과가 일어나는지 깊이 생각해야 해요. 우리는 욕심 많고 아둔한 농부들이 프러시아 군들에게 자신들이 먹어야 할 빵 상자를 열어주고 길을 안내해주는 것을 보았어요. 그래요! 로뱅은 이미 마법의 존재를 믿지 않았어요. 그것은 조국이라는 존재를 믿지 않는 것과 마찬가지이죠.

아! 만약 우리 선녀들이 있었다면, 프랑스를 침공해온 프러시아 인들은 단 한 명도 살아서 돌아가지 못했을 거예요. 우리 선녀들과 우리의 수호신이 켜는 마법의 불이 그들을 늪지로 유인했을 테니까요. 우리의 이름을 쓰고 있는 저 모든 깨끗한 샘에다가 마법의 음료를 타서 그들을 미치광이로 만들어버렸을 거예요. 그리고 마법의 말 한마디로 길이나 냇물을 엉망으로 만들어버렸을 거예요. 가시나무 숲이나 풀숲, 그들이 몸을 숨기는 그늘진 곳을 흩뜨려 그 조그만 고양이 같은 눈이 갈피를 잡지 못하게 했을 거예요.

그리고 농부들은 우리와 함께 일했을 거예요. 우리의 연못에서 피는 커다란 꽃으로 상처를 치료하는 약을 만들고요. 아름다운 거미줄은 소독면을 대신하는 구실을 했을 거예요. 또 전쟁터에서 죽을 지경이 된 병사는 반쯤 감긴 눈으로 고향 땅 한쪽의 숲이라든가 길모퉁이 등의 추억을 보여 주기 위해, 몸을 굽히고 있는 고향의 선녀를 보았을 거예요.

이렇게 되면 국가와 국민은 하나가 되어 신성한 전쟁을 치를 수 있어요. 그런데, 아! 선녀를 믿지 않다니요. 선녀가 사라진 나라에서는 그런 전쟁은 할 수가 없어요."

그렇게 말하던 그녀의 낮고 예리한 목소리는 간헐적으로 끊어졌습니다. 그러자 재판장이 끼어들었습니다.

"그런데 병사들에게 체포되었을 때 가지고 있던 석유의 용도는 무엇이었습니까?"

"재판장님, 그러면 제가 파리에 불을 질렀다는 거군요."

그녀는 침착하게 대답했습니다.

"그래요. 내가 파리에 불을 질렀어요. 파리가 싫어서 그랬어요. 파리가 우리를 조롱했기 때문이에요. 파리가 우리를 죽여버렸기 때문이라고요. 맑고 신비스러운 우리의 샘물을 분석한다며, 철분과 유황의 함유량을 정확하게 조사한다며 학자라는 엉터리 놈들을 보낸 것도 파리였으니까요.

게다가 파리는 연극이라는 걸로 우리를 조롱하기도 했어요. 우리의 마법을 속임수라고 꾸미고, 우리의 기적을 조롱거리로 삼았어요. 사람들이 보기에도 흉측한 얼굴들이 장식된 꽃불의 달빛 아래서, 우리의 전유물인 장밋빛 옷을 걸치고, 날개 달린 수레를 타고 있는 모습을 수없이 대하다 보니, 우리를 떠올릴 때마다 웃을 수밖에 없었던 거예요.

어린아이들만이 우리의 이름을 알아주었어요. 우리를 사랑했고 조금은 무서워하기도 했어요. 하지만 지금 파리 사람들은 우리 이야기가 실린 황금빛으로 장식된 환상적이고도 아름다운 그림책 대신 학문이라는 명목의 권태가 회색빛 먼지처럼 모락모락 피어올라, 아이들의 초롱초롱한 눈에서 마법궁전과 마법의 거울을 사라져버리게 하는, 두껍고 시시껄렁한 책들만 주고 있는 거예요.

암, 그렇고말고요! 나는 여러분의 파리가 불에 타는 모습을 보고 얼마나 좋아했는데요. 불을 질렀던 아낙네들의 통에 석유를 부은 것은 나였어요. 그리고 내가 그들을 원하는 장소로 데리고 간 거예요.

오, 여러분, 모두 태워버리자고요. 태워 버려요. 태워 버려요!"

"이 여자는 정말 심각한 정신병자입니다. 데리고 나가 시오!"

재판장은 이 한마디로 재판을 끝냈습니다.

황금 뇌를 가진 남자

부인, 나는 당신이 보내주는 편지를 읽고 무척이나 미안했습니다. 그동안 너무 침울한 이야기만 들려드린 것 같아 오늘은 너무 우스워서 배꼽을 잡을 만한 이야기를 꼭 해드리려고 마음먹었답니다.

하지만 이토록 우울한 건 왜일까요? 안개 덮인 파리를 등지고, 북소리가 울리고 사향포도주가 넘쳐나는 고장의 햇살 가득한 언덕 위에 살면서 말입니다. 제 주변은 온통 햇살과 음악뿐이지요. 피리새들은 나를 위해 오케스트라를 연주하고 박새들은 합창을 들려줍니다. 아침에는 마도요들이 '쿠렐레이! 쿠렐레이!' 하고 노래하고 정오가 되면 매미들이 울어댑니다. 목동들은 피리를 연주하고 포도밭에서는 갈색 머리의 아름다운 소녀들의 웃음소리가 터져 나오지요. 사실 이곳은 우울함과는 거리가 먼 곳입니다. 오히려 부인께 장밋빛 시나 사랑 이야기 한 바구니를 보내 드리기에 적당한 곳입니다.

그런데 그러지 못하겠군요! 저는 여전히 파리 가까이에 있습니다. 매일 이곳의 소나무들에까지 슬픔의 먼지가 전해지니까요……. 지금 글을 쓰고 있는 이 시간에도 불쌍한 샤를 바라바라의 비참한 죽음 소식을 전해 들었습니다. 그래서 나의 방앗간은 온통 슬픔에 젖어 있습니다. 도요새야, 매미야, 이젠 안녕! 더 이상 내 가슴엔 즐거움이 남아 있지 않단다. 이것이 약속드린 웃기는 이야기 대신 오늘도 부인께 우울한 이야기를 전해드려야 하는 이유입니다.

옛날, 황금 뇌를 가진 사람이 있었습니다. 그래요, 부인. 뇌 전체가 황금으로 되어 있었어요. 그가 세상에 나왔을 때 의사들마저도 머리가 너무 크고 무거워서 오래 살지 못할 거라고 했습니다. 하지만 아기는 살아났고 햇볕을 듬뿍 받은 올리브나무처럼 쑥쑥 자라났습니다. 그러나 아이의 커다란 머리는 늘 골칫거리였습니다. 걸을 때마다 가구에 부딪히는 모습은 보기에 안쓰러울 정도였습니다. 그는 정말 자주 넘어졌습니다. 어떤 날은 높은 계단에서 굴러 대리석 바닥에 부딪쳤는데, 머리에서 쇠

불이 깨지는 소리가 났습니다. 사람들은 그가 죽었을 거라 생각했지요. 하지만 일으켜보니 상처만 조금 남아 있을 뿐이었습니다. 대신 아이의 금발 머리카락에 두세 방울의 황금 조각이 붙어 있었습니다. 이렇게 해서 부모는 자신들의 아이가 황금 뇌를 가졌다는 사실을 알게 되었습니다.

하지만 이런 사실은 비밀에 부쳐졌습니다. 가엾은 아이는 자신의 비밀을 전혀 눈치채지 못했습니다. 그저 자기는 왜 다른 아이들과 함께 문 앞에서 뛰놀지 못할까 궁금했을 뿐입니다.

"우리 보물단지를 누가 훔쳐 갈까 봐 그러는 거야."

어머니는 이렇게 대답했습니다.

아이는 정말로 누가 자기를 훔쳐 갈까 봐 두려웠습니다. 그래서 학교에서 돌아와도 혼자서 놀았고, 말없이 무거운 머리를 끌고 이 방 저 방을 돌아다닐 뿐이었습니다.

아이가 열여덟 살이 되자 부모는 아이가 가지고 태어난 끔찍한 선물에 대해 이야기해주었습니다. 그리고 이제까지 키워주고 먹여준 대가로 머릿속의 금을 조금만 떼어 달라고 요구했습니다. 아이는 아무런 망설임도 없이 그 자리에서 금을 떼어 주었지요. 어떻게 그랬냐고요? 거기에 대해서는 전해지는 이야기가 없답니다. 어쨌든 아이는 호두 크기만 한 금덩이를 머리에서 떼어내어 어머니의 무릎 위에 던져주었습니다. 이제 자기의 머릿속에 엄청난 재물이 들어 있다는 사실에 황홀해진 아이는 욕망에 미치고 권능에 취해 부모의 집을 떠났습니다. 그리고 세상으로 나아가 자신이 지닌 보물을 맘껏 낭비하기 시작했습니다.

그가 분별없이 펑펑 써대며 호화롭게 살아가는 것을 본 사람이라면 '그의 뇌는 결코 닳지 않나 보군.' 하고 생각했을 것입니다. 하지만 그의 뇌는 조끔씩 없어지고 있었습니다. 그의 눈은 점점 희미해졌고 볼도 움푹 패어가고 있었습니다. 그렇게 방탕과 광란의 밤을 보내던 어느 날 아침이었습니다. 어질러진 파티의 잔해들 사이에 홀로 남아 있던 불행한 사내는 희미한 불빛 아래 자기 머리에 커다란 구멍이 나 있는 것을 알고는 소스라치게 놀랐습니다. 이제 그런 생활을 멈추어야 할 때가 온 것입니다.

그날 이후 그는 당장 새로운 삶을 시작했습니다. 먼 곳으로 떠나간 황금 뇌의 사내는 직접 일하며 자기 손으로 먹고살았습니다. 구두쇠처럼 의심과 겁이 많아진 그는 모든 유혹을 멀리한 채 운명이 자신에게 부여한 재물을 잊고 더 이상 손대지 않으려고 애썼습니다. 이렇게 고독한 생활을 하던 그에게 친구 하나가 찾아왔습니다. 그의 비밀을 모두 알고 있는 친구였습니다.

그날 밤, 불쌍한 사내는 참을 수 없는 두통에 잠에서 깨어났습니다. 겨우 자리에서 일어났을 때, 그는 달빛 속에서 외투 안에 무언가를 감추고 달아나는 친구의 모습을 보았습니다. 친구가 그의 뇌를 조금 떼어 달아난 것입니다.

그리고 얼마 후 황금 뇌의 사내는 사랑에 빠지게 되었습니다. 그리고 그로 인해 모든 것이 끝나고 말았답니다. 사내는 금발의 한 소녀를 온 마음을 바쳐 사랑했습니다. 소녀도 마찬가지로 그를 사랑했지요. 하지만 그녀는 술이 달린 장식과 하얀 거위 깃털로 만든 이불 그리고 금색의 예쁜 장화를 더 사랑했습니다.

예쁜 새나 귀여운 인형과도 같은 이 여인의 손에서 자신이 가진 금들이 녹아 사라져도 사내는 기쁘기만 했습니다. 여인은 수시로 변덕을 부렸지만 사내는 한 번도 그녀의 부탁을 거절하지 않았습니다. 또한 그녀가 불안해할까 봐 자신의 재물에 얽힌 슬픈 비밀은 끝까지 감추었습니다.

"우리는 아주 큰 부자인 거죠?"

그녀가 물으면 불쌍한 남자는 대답했습니다.

"오! 그럼……. 아주 큰 부자지."

자신의 뇌를 먹고사는 작은 파랑새에게 그는 애정 어린 미소를 지어 보이곤 했습니다. 가끔씩 사내는 두려운 마음에 이전의 구두쇠 생활로 다시 돌아가고 싶었습니다. 하지만 그럴 때마다 소녀는 깡충깡충 뛰며 다가와 말했습니다.

"여보, 당신은 부자잖아요. 비싼 거 하나만 사줘요."

그러면 사내는 값비싼 물건을 사주어야 했습니다. 이런 생활이 2년 동안 지속되었습니다. 그런데 어느 날 소녀는 세상을 떠나고 말았습니다. 이유도 없이, 한 마리의 새처럼 말입니다. 사내의 보물도 바닥이 드러나고 있던 때였습니다. 홀로 된 사내는 남아 있는 모든 것을 털어 사랑하는 아내를 위해 근사한 장례식을 치러주었습니다. 울려 퍼지는 종소리, 검은 휘장을 드리운 큰 마차, 깃털 장식을 한 말들, 벨벳 천에 장식된 은붙이들……. 하지만 그에게 이 모든 것은 별로 아름다워 보이지 않았습니다. 사실 무슨 의미가 있겠습니까?

그는 교회에, 관을 메는 사람들에게, 화환을 파는 여인들에게 금을 나누어주었습니다. 그리고 나머지 금도 아무에게나 줘버렸습니다.

묘지를 나설 때 그의 멋진 뇌는 거의 남아 있지 않았

습니다. 그저 두개골에 황금 조각 몇 개가 드문드문 붙어 있을 뿐이었습니다.

사람들은 손을 앞으로 뻗은 채 술 취한 사람처럼 비틀거리며 걸어가는 그를 볼 수 있었습니다. 저녁이 되자 상점들이 불을 밝히기 시작했고 그는 갖가지 상품과 장신구가 불빛을 받고 있는 큰 진열대 앞에 멈춰 섰습니다. 그리고 오랫동안 그 앞에 서서 백조 깃털 장식이 달린 파란색 새틴 장화를 바라보았습니다.

"이 구두를 신고 좋아할 만한 사람을 알고 있지."

그가 미소를 지으며 중얼거렸습니다. 그는 자기 아내가 죽었다는 사실도 잊은 채 장화를 사기 위해 안으로 들어갔습니다.

가게 안쪽에 있던 주인은 갑작스레 들리는 길고 커다란 고함 소리를 들었습니다. 하지만 앞으로 달려 나온 그녀는 눈앞의 사내를 보고는 두려워하며 뒷걸음질 쳐야 했습니다. 계산대에 기댄 사내가 고통스러워하는 눈빛으로 자기를 바라보고 있었던 겁니다. 사내의 한 손에는 백조 깃털 장식의 파란 장화가 들려 있었고, 다른 한쪽 손은 피투성이였습니다. 그리고 손톱 밑에는 금 부스러기가 묻어 있었습니다.

이상이 황금 뇌를 가진 남자의 이야기입니다, 부인.

꾸며낸 이야기 같지만 처음부터 끝까지 모두 사실이랍니다. 이 세상에는 자기 뇌를 소모하며 살도록 선고받은 사람들이 있습니다. 이들은 살기 위해 필요한 최소한의 것을 얻기 위해 골수까지 바쳐야 하지요, 그들에게는 매일매일이 고통의 연속일 뿐입니다. 그리고 마침내 더 견딜 수 없는 시간이 오게 되면 그들은……

어린 자고새의 놀람

모두 잘 알고 계시는 것처럼 자고새는 밭고랑에 둥우리를 틀고는, 무리를 지어 날아다니는데요. 아주 작은 위험을 만나도 씨가 뿌려지듯 흩어져 날아가지요. 우리 자고새 무리는 그 수가 아주 많고 생동감이 있지요. 우리는 커다란 숲 옆에 있는 평야에 훌륭한 보금자리도 가지고 있었답니다. 깃털이 많이 자라 날아다닐 수 있게 된 후로 나는 사는 것이 얼마나 행복한지 몰라요.

그러던 어느 날, 약간 불안한 일이 일어났어요. 어미 새들끼리 낮은 소리로 주고받는 이야기를 우연히 듣고 알게 되었는데요, 오늘이 바로 그 유명한 사냥을 처음 시작하는 날이라는 거예요. 우리 중 제일 우두머리는 내게 늘 이렇게 말하곤 했어요,

"빨간 새야, 걱정하지 마."

그는 내 부리와 다리의 빨간색 때문에 항상 나를 그렇게 불렀어요.

"사냥하는 날이 오면 내가 널 데리고 다닐게. 그러면 아무런 사고도 없을 거야."

그는 늙은 자고새였는데 아주 영리하고 민첩했어요. 가슴에 말굽 모양의 점이 있긴 하지만 이미 여기저기 하얀 털이 난 늙은 새였어요. 그는 젊었을 때 날개에 총알을 맞아 둔해졌대요. 그래서 날아오르기 전에는 늘 한두 번 상처를 살펴보고는 천천히 날아야만 했어요. 그는 자주 나를 데리고 숲 입구까지 가곤 했어요. 그곳에는 밤나무 숲이 있었거든요. 그리고 그 숲속에는 이상하게 생긴 집이 한 채 있었는데, 항상 조용하고 문이 잠겨 있었어요.

"애야, 저 집을 잘 보렴. 지붕에서 연기가 올라오고 덧문이 열리는 날은 우리에게 늘 반갑지 않은 일이 생긴단다."

늙은 새는 자세히 설명해주었어요. 나는 그 집 덧문이 열리는 것이 이번이 처음이 아니라는 것을 잘 알고 있었어요. 그래서 나는 그의 말을 믿었죠.

그런데 어제 새벽에 낮은 소리로 나를 부르는 소리가 들려왔어요.

"빨리 와. 내가 하라는 대로 해야 해."

나는 아직 잠이 덜 깬 상태에서 늙은 새를 따라 밭이
랑 사이를 생쥐처럼 기어갔어요. 우리는 숲 쪽으로 가고
있었는데, 조그만 집의 굴뚝에서는 연기가 나고 있었고,
작은 창문은 열려 있었어요. 활짝 열어젖힌 덧문 앞에는
장비를 갖춘 사냥꾼들이 있었는데, 이렇게 말하는 것이
었어요.

"오전에는 들판에서 사냥하자고. 점심을 먹은 다음에
는 숲에서 하고 말이야."

그때서야 나는 그가 왜 우리를 나무 밑으로 데려갔는
지 알 수 있었어요. 나는 가슴이 막 뛰었어요. 특히 가엾
은 다른 친구들을 생각하니 가슴이 더욱 두근거렸어요.
우리가 숲 기슭에 가까이 다가간 순간, 갑자기 사냥개들
이 우리 옆으로 달려오기 시작했어요.

"몸을 낮춰! 더 낮추란 말이야!"

그는 더욱 몸을 낮추며 우리에게 말했어요.

바로 그때, 우리와 열 발자국쯤 떨어진 곳에서 메추라
기가 공포에 질린 채 주둥이를 크게 벌리고 소리를 내며
후드득 날아올랐어요. 그러자 곧바로 우레와 같이 큰 소
리가 나고 이상한 냄새가 났어요. 아직 해도 뜨지 않았는
데 뿌옇고 뜨거운 먼지가 일어났어요. 나는 너무 무서워
서 몸이 얼어붙는 것만 같았어요. 다행히 우리는 숲속으

로 들어갈 수 있었어요. 늙은 내 친구는 조그만 전나무 위에 웅크리고 앉아 있었어요. 나도 그의 옆에 기대앉아 몸을 숨긴 채 잎사귀 사이로 밖을 내다보았어요.

들판에서는 무서운 사냥이 벌어지고 있었어요. 총소리가 날 때마다 나는 정신이 아찔하여 눈을 감을 수밖에 없었어요. 내가 겨우 눈을 떴을 때는 사냥개들이 넓은 들판의 풀 속을 미친 듯이 뛰어다니며 빙빙 돌고 있었어요. 사냥꾼들은 그 개들의 뒤를 따라가며 큰 소리로 불러댔어요. 총대가 햇빛에 번쩍거리고 있었어요. 그 순간 연기구름 속으로 잎사귀 같은 것이 떨어지는 것이 얼핏 보였어요. 그 주위에는 나무라곤 하나도 없었거든요. 내가 이상하다는 듯이 고개를 갸웃거리자, 늙은 내 친구가 그것은 날개깃이라고 귀엣말로 설명해주었어요. 사실이었어요. 잠시 후, 우리 앞 밭고랑에 커다란 자고새 한 마리가 피를 흘린 채 머리를 늘어뜨리며 떨어지는 것이 보였어요.

태양이 높이 솟자 총소리는 뚝 끊어졌어요. 사냥꾼들이 조그만 집으로 돌아갔던 거예요. 그 집 안에서는 장작불이 활활 타오르고 있었어요. 그들은 어깨에 총을 멘 채 사냥 이야기를 하고 있었어요. 사냥개들은 지쳤는지 혀를 길게 늘어뜨린 채 주인 뒤에 앉아 있었어요.

"사냥꾼들이 점심을 먹는가 봐. 우리도 점심이나 먹자."

우리는 함께 숲가에 있는 널따란 메밀밭으로 나갔어요. 적갈색의 금빛을 띤 꿩들이 혹시라도 들킬까 봐 무서운지 붉은 벼슬을 푹 숙이고 메밀을 쪼아 먹고 있었어요,

아! 보통 때처럼 거만한 자세는 아니었어요. 그들은 점심을 챙겨 먹으면서 우리에게 소식을 물었어요. 혹시 우리 중에 죽은 새는 없는지 묻기에, 우리는 다행히 무사하다고 대답했어요. 사냥꾼들이 식사하는 소리는 처음엔 조용하게 들리더니 점점 시끄러워지기 시작했어요. 술잔이 부딪치는 소리, 병마개를 뽑는 소리 등이 들려왔어요. 내 늙은 친구는 다시 숨을 곳으로 돌아갈 시간이 되었다고 눈짓했어요.

이 시간에는 숲이 잠자는 듯 고요해요. 산양들이 물을 먹으러 오는 늪도 고요로 가득 차 있었어요. 토끼 수렵 금지 지구의 백리향 속에서도 토끼는 한 마리도 발견되지 않았어요. 마치 나뭇잎 뒤에나 풀 한 포기 밑에 어떤 생명이 숨어 있을 거라는 이상한 생각이 들었어요. 숲속의 짐승들은 숨을 곳이 많았어요. 땅 밑, 풀 숲, 나뭇단, 수풀 속, 웅덩이, 또 비가 온 뒤에는 오랫동안 물이 괴어 있는 조그만 웅덩이들도 있었거든요. 나도 그런 구멍 속에 들어가고 싶었어요. 그러나 내 친구는 멀리까지 내다볼 수 있는 밖으로 나가자고 했어요. 바로 그때 큰일이

일어난 거예요. 사냥꾼들이 숲에 와 있었던 거예요.

아! 그 첫 발의 총성, 4월의 우박처럼 나뭇잎에 구멍을 뚫고, 나무껍질에 상처를 낸 그 총소리, 나는 영영 그 소리를 잊을 수 없을 거예요. 토끼 한 마리가 길 가운데 풀을 한아름 안은 채 쓰러지고, 다람쥐는 밤나무 밑으로 굴러 떨어졌어요. 숲속에 사는 모든 생명의 잠을 깨우고 놀라게 하는 이 총소리에, 꿩이 날아가고 나뭇가지와 마른 잎 사이에 소동이 일어났어요. 들쥐가 굴 안으로 뛰어 들어갔어요. 우리가 숨어 있던 나무 속에서 나온 사슴벌레가 놀랐는지 눈이 휘둥그레졌어요. 그리고 파란 잠자리, 벌, 나비 등 가련한 곤충들이 사방에서 놀라 달아나기 시작했어요. 진홍색의 메뚜기까지도 놀랐는지 내 부리 옆에 와 앉았어요. 하지만 나도 너무 무서워서 그 메뚜기를 잡아먹을 정신이 없었어요.

하지만 늙은 내 친구는 여전히 침착했어요. 그는 개 짖는 소리와 총소리에 귀를 기울이며, 그 총소리가 가까워질 때면 내게 신호를 보냈어요. 우리는 총알이 닿지 않을 나뭇잎 사이에 깊이 숨었어요. 그러나 한번은 우리 운명이 다한 줄만 알았어요. 우리가 지나가야 할 길목의 양쪽에서 사냥꾼들이 지키고 있었던 거예요. 한쪽에는 볼에 검은 수염을 기른 키 큰 청년이 몸을 움직일 때마다 덜

그렁 소리를 내고 있었어요. 사냥칼, 탄띠, 화약통, 무릎까지 올려 찬 각반 등 장비를 고루 갖춘 사냥꾼이었어요. 다른 한쪽에는 조그만 늙은이가 나무에 기대서 졸린 듯 눈을 깜박이며 조용히 담배를 피우고 있었어요. 왠지 이 사람은 무서워 보이지 않았어요. 그러나 저 키 큰 사람은······.

"넌 아직 뭘 모르는구나, 빨간 새야."

내 늙은 친구가 웃으며 말했어요. 그러고는 날개를 활짝 펴고 그 무서운 볼수염쟁이 다리 밑을 거의 스치다시피 하며 지나갔어요.

그 사냥꾼은 장비가 하도 많아서 몸놀림이 둔했기 때문에 그가 총을 겨누었을 때 우리는 이미 사정거리 밖으로 나올 수 있었던 거예요. 아! 사냥꾼들은 숲속에 혼자 있는 줄 알지만, 얼마나 많은 눈이 수풀 속에서 그들을 지켜보며 그들의 서툰 솜씨를 비웃는지 모를 거예요.

우리는 여전히 숨고 또 도망쳤어요. 나는 내 늙은 친구 뒤만 쫓아갔어요. 그가 날개를 펴면 나도 펴고, 그가 쉬면 나도 쉬었어요. 지금도 우리가 지나온 곳이 눈에 선해요. 히스가 무성한 붉은 언덕, 노란 나무 밑에 있는 땅굴, 죽음을 엿보고 있는 듯한 전나무 숲, 우리 엄마 새가 5월의 햇볕 속에 우리를 데리고 산책하던 푸른 오솔길, 그곳에서 우리는 몸짓이 둔한 꿩 새끼를 만났었지요. 그러나 그들은 우리와 노는 것을 싫어하는 것 같았어요.

나는 꿈을 꾸듯 조그만 오솔길을 바라보았어요. 그 순간 암사슴 한 마리가 눈을 동그랗게 뜨고 길을 건너가고 있었어요. 그리고 우리가 떼 지어 물을 마시러 왔던 연못도 보았어요. 그 옆으로는 목향 숲이 우거져 있었지요. 나는 그 숲속에 몸을 감추었어요. 사냥개가 비상한 코를 갖고 있지 않는 이상 이곳까지는 오지 못할 거예요.

잠시 후, 산양 한 마리가 피를 흘리며 한쪽 다리를 절뚝거리는 채로 그곳에 서 있었어요. 그 모습이 너무 불쌍해서 나는 그만 얼굴을 나뭇잎 사이에 파묻고 말았어요. 그러나 귀로는 상처 입은 짐승이 숨을 헐떡이며 물 마시는 소리가 들려왔어요.

날이 저물고 나자, 총소리가 멀어지더니 차츰 뜸해졌어요. 그러다가 마침내 완전히 멈추었어요. 사냥꾼들의 사냥이 끝난 거였어요. 나는 숲에 있는 조그만 집 앞을 지나갈 때 무서운 광경을 목격했어요.

집 앞에는 붉은 갈색 털의 산토끼 한 마리와 흰 꼬리에 회색 털인 토끼 여러 마리가 나란히 누워 있었어요. 죽은 그들은 네 발을 모아 마치 용서를 비는 양 누워 있었고, 희미한 눈동자는 울고 있는 것 같았어요. 그 옆에는 붉은 자고새, 회색 자고새, 늙은 내 친구처럼 앞가슴에 말굽 무늬가 난 어른 자고새도 있었고, 나처럼 아직 솜털이 보송보송한 어린 자고새도 있었어요. 새들이 죽어서 누워 있는 것보다 더 서글픈 광경이 또 어디 있을까요? 활짝 편 날개는 그렇게 건강해 보였는데, 접은 날개가 차갑게 늘어져 있는 것을 보면 소름이 끼치도록 서늘함을 느끼게 되지요. 큼직한 산양은 잠을 자고 있는 듯했어요. 그 산양의 붉은 혀는 무엇을 핥기라도 하려는 듯 입 밖으로 나와 있었어요. 사냥꾼들은 이 모든 것을 들여다보고 있었어요. 피 묻은 다리, 찢어진 날개를 마구 끌어당겨 망태기 안에 집어넣고 있었어요. 길을 떠나기 위해 줄을 매단 개들은 주둥이를 내밀고 또다시 언덕 위로 달려갈 기세였어요.

해는 서쪽으로 지고 있었어요. 그들은 피곤한 몸을 이끌고 저녁 이슬에 젖은 길 위로 긴 그림자를 남기며 떠나가고 있었어요. 아! 나는 얼마나 그들을 저주했는지 모른답니다. 그 인간들과 사냥개들을, 얼마나 미워했는지 몰라요! 내 친구도 나도 항상 그래왔던 것처럼 저무는 해에게 작별 인사를 하려고 했지만, 그럴 만한 기력조차 없었어요.

조그만 짐승들은 사냥꾼들의 사냥감이 아니었는데도, 빗

나간 총탄에 우연히 맞아 죽어서 가엾게도 길가에 버려져 있었어요. 그들은 개미와 들쥐의 밥이 되고 말았어요. 또 까치와 제비도 총에 맞아 가슴을 하늘로 향한 채 숲에 널브러져 있었어요. 그 시체들 위로 밤이 내리고 있었어요. 그러나 그중에서도 가장 가슴이 아픈 것은 숲가에서, 들판에서, 강가에서 초조하고 서글프게 친구들을 부르는 소리였어요. 대답을 듣지 못한 채 부르기만 하는 그 처절한 울음소리…….

오렌지

파리에서 오렌지는 나무 밑에 떨어져 뒹구는 슬픈 과일입니다. 비가 많이 내리고 차가운 한겨울이 되면 윤기나는 껍질과 진한 향기의 이 과일이 먼 고장에서 올라와 보헤미안 풍의 이국적인 모습을 당신 앞에 드러내지요. 짙은 안개가 낀 저녁, 작은 손수레에 쌓인 오렌지는 붉은색 종이 램프의 희미한 불빛을 받으며 길가에 늘어섭니다. 그리고 시끄러운 마차 바퀴 소리에 묻힌 춥고 단조로운 외침소리가 들려옵니다.

"발렌시아 산 오렌지가 두 푼이오."

대부분의 파리 사람들에게 오렌지는 먼 고장에서 따와 잼이나 단 음식을 만드는 데나 사용하는, 초록색의 기다란 꼭지에 달린 그저 그런 과일로 여겨질 뿐입니다. 과일을 싼 얇은 포장지와 축제 때면 늘 보이는 과일이라 더 그런 생각이 드는지도 모릅니다. 특히 정월 무렵이면 길 곳곳에 오렌지들이 널리고 진흙탕에 오렌지 껍질들이 굴러다닙니다. 이 때문에 우리는 어마어마하게 큰 크리스마스트리가 흔들리는 바람에 이 과일이 파리 거리에 뿌려진 게 아닌지 의심하게 됩니다. 오렌지가 눈에 안 띄는 곳이 없을 정도니까요.

엄선된 오렌지들은 잘 포장되어 깨끗한 유리 진열대에 오릅니다. 교도소나 병원 입구에서 포장된 과자나 사과들과 함께 팔리기도 하고, 무도회장이나 일요일의 공연장 입구에서도 모습을 볼 수 있습니다. 이렇게 오렌지의 짙은 향기는 가스 냄새와 서툰 바이올린 소리, 관람석의 먼지와 뒤섞이며 거리로 퍼져 나갑니다.

우리는 오렌지가 오렌지나무에서 난다는 사실을 자주 잊어버리곤 합니다. 왜냐하면 오렌지 열매는 상자에 담겨 남쪽 지방에서 바로 올라오지만, 가지치기를 하고 모습이 변형된 나무들은 온실에서 겨울을 나다가 아주 잠깐만 야외 공원에 모습을 드러내기 때문입니다.

오렌지를 제대로 알려면 이 과일의 고장인 발레아스 군도나 코르시카 섬, 알제리 같은 파란 하늘에 황금빛 태양이 내리쬐는 따스한 지중해 지방에 직접 가보아야 합니다. 블리다 항구에서 보았던 작은 오렌지나무 숲이 기억나는군요. 그곳의 오렌지는 얼마나 아름다웠던지! 윤기 나는 짙은 잎사귀들 사이에서 열매들이 색유리처럼 반짝이고 화려한 꽃들에 둘러싸인 오렌지의 후광이 주위를 금빛으로 물들이고 있었습니다.

여기저기 나뭇가지들 사이로 소도시의 성벽과 회교 사원의 첨탑과 둥근 지붕을 볼 수 있었습니다. 그 너머에는 거대한 아틀라스 산맥이 서 있었는데, 산 아래쪽은 초록빛이었고 산꼭대기는 복슬복슬한 흰 털옷을 걸친 듯이 눈이 쌓여 있었습니다.

내가 그곳에 머물던 어느 날 밤, 30년 만의 이상 기온으로 찬 안개에 덮인 겨울의 대기층이 잠든 마을을 덮쳤습니다. 그리고 블리다 항구는 하얀 밀가루에 덮인 모습으로 잠에서 깨어났습니다. 가볍고 투명한 알제리의 대기 속에 내린 눈은 마치 진주 가루 같았습니다. 흰 공작새의 깃털을 보는 듯했지요. 그 무엇보다도 아름다운 건 오렌지 숲이었습니다. 순백의 눈을 이고 있는 단단한 오렌지 이파리들은 마치 옻칠한 쟁반 위에 놓은 셔벗 같았고, 눈가루를 뒤집어쓴 열매들이 투명한 흰색 천에 싸인 황금처럼 신비한 빛을 내며 은밀한 장엄함을 뿜내고 있었습니다. 그 모습은 마치 성당의 축제 때 붉은 제의에 흰 레이스를 겹쳐 입은 성직자들의 의상이나 금박 입힌 제단을 덮은 레이스와도 같았습니다.

하지만 오렌지에 대한 나의 가장 소중한 기억은 한참 더울 시간에 내가 낮잠을 청하러 가던 아자시오 근처의 바르비카글리아라는 큰 공원에서였습니다. 블리다 항구의 오렌지나무들보다 키가 크고 더 띄엄띄엄 심어진 이곳의 오렌지나무들은 길가에까지 내려와 있어 밝은색 울타리와 도랑 하나만으로 공원과 경계를 짓고 있었습니다. 그리고 그 뒤쪽으로는 거대하고 푸른 바다가 펼쳐져 있었지요.

나는 그곳에서 얼마나 행복한 시간을 보냈는지 모릅니다. 내 머리 위로 오렌지나무의 꽃과 열매들이 진한 향기를 뿜어내고 있었습니다. 가끔씩 무르익은 오렌지 열매가 더위 앞에 무거운 몸을 견딜 수 없었는지 둔탁한 소리를 내며 내 바로 옆 바닥으로 떨어져 내리곤 했습니다. 손만 뻗으면 그것을 차지할 수 있었습니다. 속이 빨갛게 익은 오렌지는 정말 최고였지요. 그 맛이 얼마나 좋던지! 저 멀리 수평선은 또 얼마나 아름답던지! 나뭇잎들 사이로 보이는 푸른 바다는 짙은 안개가 낀 대기 속에서 깨진 유리처럼 반짝이고 있었습니다. 이와 함께 대기를 흔드는 바다의 일렁임과 보이지 않는 배를 탄 듯 조용히 몸을 흔들어주는 리듬감, 따뜻한 공기, 오렌지의 향기…….

아! 바르비카글리아 공원은 잠을 청하기에 정말 최적의 장소였습니다.

하지만 낮잠을 즐기다가도 가끔씩 북소리에 놀라 잠을 깨곤 했습니다. 아래쪽 길가로 북 치는 연습을 하러 나온 소년들 때문이었습니다. 울타리의 구멍 사이로 북의 금속판과 빨간 바지 위에 커다란 흰색 앞치마를 덧입은 그들을 볼 수 있었습니다. 길가에서 날아오는 심한 먼지와 눈부신 햇살을 조금이라도 피해보려고 그 가엾은 악동들은 정원 아래 울타리가 만들어준 작은 그늘 속에 자리를 잡았습니다. 그렇게 열심히 두드려댔으니 얼마나 더웠겠습니까? 나는 졸음을 애써 쫓으며 손에 닿는 대로 이 붉은빛의 아름다운 황금 열매를 장난삼아 소년들에게 던져주곤 했습니다. 정확히 겨냥된 오렌지가 연주를 멈추었습니다. 잠시 망설이던 소년은 바로 앞의 도랑에 빠진 잘 익은 오렌지를 찾아 두리번거리다가 재빨리 주워 들고는 껍질도 안 벗긴 채 한 입 가득 베어 물었습니다.

바르비카글리아 공원 바로 옆에 낮은 담장을 사이에 두고 내려다보이던, 조금 이상한 느낌의 작은 뜰도 생각납니다. 고급스럽게 가꾸어진 작은 뜰이었지요. 금빛 모래를 깐 오솔길에는 짙은 초록색의 회양목들이 늘어섰고 입구에는 두 그루의 사이프러스 나무가 서 있어 마치 마르세이유의 별장 같았습니다. 사람의 그림자라곤 찾아볼 수 없었습니다. 뜰 안쪽에는 하얀 돌집이 있었고 건물 바닥에는 지하실 채광창들이 나 있었습니다.

처음에는 그냥 시골집이라고 생각했습니다. 하지만 자세히 보니 지붕 위로 십자가가 솟아 있었고 멀리서는 내용을 알 수 없는 글자가 돌에 새겨져 있었습니다. 비로소 나는 그것이 코르시카식 가족묘라는 걸 알 수 있었습니다. 아자시오 주변에서는 정원 한가운데에 세워진 망자들의 작은 예배당을 자주 볼 수 있답니다. 가족들은 일요일이 되면 이곳으로 망자들을 찾아오곤 합니다. 이런 곳이라면 북적거리는 묘지를 찾을 때보다 죽음이 덜 음산하게 느껴지겠지요. 친지의 발걸음만이 이곳의 침묵을 흩어놓을 테니까요.

그곳에서 사람 좋아 보이는 노인 하나가 오솔길을 따라 조심스럽게 오가는 모습을 자주 보았습니다. 노인은 하루 종일 나무를 다듬고, 삽질을 하고, 물을 주고, 조심스럽게 시든 꽃을 따고는 했습니다. 그러다 해가 저물면 그의 가족이 잠들어 있는 작은 예배당으로 들어갔습니다. 삽과 갈퀴, 커다란 물뿌리개를 제자리에 갖다 놓기 위해서였지요.

그는 이 모든 일을 묘지기처럼 조용하고 차분하게 해

냈습니다. 스스로 의식해서 그랬는지는 모르겠지만, 이 선량한 노인은 누군가를 깨우기라도 할까 봐 조심하려는 듯 늘 소리 없이 움직였고, 지하실 문도 조심스럽게 닫는 등 매우 경건한 모습으로 일했습니다. 새 한 마리조차 놀라게 하지 않고 주변에 아무런 슬픔도 끼치지 않은 채 행복한 침묵 속에서 작은 정원을 돌보고 있었습니다. 이 침묵 속에 바다는 더 넓고 하늘은 더 높아 보였습니다. 숨막히는 생명력으로 요동치는 자연 한복판에서의 끝없는 낮잠이 영원한 휴식처럼 느껴지도록 말입니다.

바닷가의 추수

이른 아침부터 우리는 브르타슈의 해안을 따라 달렸습니다. 이곳은 만과 반도 그리고 굴곡이 많아서 바다가 나타났다가 사라지곤 하는 해안선을 따라 도로가 나 있었습니다.

가끔 지평선 한쪽으로 푸른색이 나타나면, 마치 짙은 하늘 한 조각이 놓인 것처럼 보이기도 합니다. 꾸불꾸불한 길을 달리다 보면 어디선가 복병처럼 불쑥불쑥 길이 나타나 시야를 가로막기도 합니다. 이렇게 달려서 우리는 오래된 한 시골 마을에 도착했습니다.

이 마을의 길은 알제리의 거리처럼 좁고 어두웠으며 그곳에는 거위, 황소, 돼지가 많았습니다. 그리고 하얀 문설주에 타원형의 낮은 문, 그 위에 횟가루로 십자가를 그려놓은 집들, 바라밍셴 지방에서나 볼 수 있는, 긴 막대기로 덧문을 가로지른 집들이 늘어서 있었습니다. 하지만 이 작은 브르타슈 마을은 평화로워 보였습니다. 마치 지하 200리 깊이에 들어와 있는 것처럼 아늑한 기분이었습니다. 성당 앞 광장에 다다르자, 어디에선가 환한 빛과 함께 거센 바람 소리와 요란한 파도 소리가 들려왔습니다. 거기에는 큰 바다가 펼쳐져 있었습니다.

끝없이 거대한 대양, 소금기 풍기는 신선한 냄새, 파도가 밀려올 적마다 불어오는 거친 바람……. 마을은 바닷가에 있었습니다. 마을길과 맞닿는 둑을 따라가다 보면 조그만 항구에 이르게 됩니다. 그곳에는 곡식을 실어 나르는 배가 서너 척 매어져 있었습니다. 성당의 종탑은 바다 한가운데의 감시소처럼 우뚝 서 있었습니다. 성당 주위를 둘러싸고 있는 묘지에는 십자가가 보였고, 아무도 가꾸지 않았는지 잡초가 무성하게 자라 있었습니다. 그 낡은 담벼락에는 돌로 된 벤치들이 마치 등받이에 기댄 듯 평화롭게 놓여 있었습니다.

마치 바다 한가운데에 버려진 것처럼 은폐되어 있는 아늑한 마을이었습니다. 또한 바다와 접해 있으면서도 전원적인 모습을 갖추고 있었습니다. 어부들이나 이곳 주민들은, 처음에는 무뚝뚝해서 접근하기가 어렵지만 시간이 지나 가까워지면 그 무뚝뚝한 외모 속에서 순박하고 착한 심성을 발견할 수 있습니다. 그들의 얼굴은 햇빛에 비친 구리와 무쇠처럼 번쩍이는 검은색을 띠고 있어서, 마치 바윗돌 많은 이 고장 땅의 성질을 그대로 닮은 것처럼 보입니다. 이곳의 해안은 매우 험준하고 뾰족뾰족했습니다. 무너진 바위산, 깎은 듯이 치솟은 절벽, 파도에 깎인 산, 그 속에서 바닷물은 무심히 굽이치고 있었습니다. 바닷물이 밀려 나가기 시작하면 거대한 고래가 누워 있는 듯, 물에 씻긴 번질번질한 암초가 모습을 드러냅니다.

그러나 시선을 해안에서 뭍 쪽으로 조금만 옮겨 보면, 신기하리만치 대조를 이루는 보리밭과 포도밭이, 가시나무가 푸르게 덮인 나지막한 벽을 사이에 두고 평화롭게 펼쳐져 있는 것이 보입니다. 높은 절벽에 어지러웠던 시선이 단조로운 평야, 다정하고 친근한 자연 풍경에 이르게 되면 이내 평온해집니다. 뚫린 담 사이로는 청록색 바다가 보이는데, 그 바다를 배경으로 자그마한 시골 풍경이 펼쳐지는 것처럼 보입니다. 닭 우는 소리도 넓은 공간에서 더 크게 울립니다. 특히 추수하여 쌓아놓은 곡식 더미는 아름다움의 극치를 보여줍니다. 황금빛이 도는 밀짚단, 타작하는 마당, 바윗돌 위에서 바람이 부는 쪽으로 키질하는 여인들이 보입니다.

밀알들은 빗방울처럼 떨어지고 밀기울은 바닷바람에 날려 갑니다. 여인들은 성당 앞 광장에서, 바닷가 큰길에서, 심지어 해초가 묻은 그물이 널려 있는 둑 위에서도 키질을 하고 있습니다. 바위 밑 바닷물이 들락날락하는 지대에서는 해초 수확이 벌어지고 있습니다. 해변으로 밀려드는 파도는 해초의 푸른 줄을 남겨 놓고 가버리곤 합니다. 바람이 불면 해초들은 해변을 따라 요란하게도 밀려옵니다. 그리고 바닷물이 밀려 나간 바위 위에는 마치 물에 젖은 여인의 긴 머리채 같은 해초가 흔들리고 있습니다. 사람들은 그것을 다발로 거둬들여 해안가에 쌓아놓습니다. 바닷물의 색깔을 그대로 지닌 듯 거무튀튀한 해초 더미는 죽어가는 물고기나 시들어가는 식물 같은 이상한 광채를 발하며 쌓입니다. 그렇게 해초가 다 마르게 되면 태워서 소다를 만드는 것입니다.

이 진귀한 풍경의 추수는 썰물이 남기고 간 자리에서 맨발로 진행됩니다. 커다란 갈퀴를 들고 남녀노소 할 것 없이 미끄러운 바윗돌 사이를 지나다닙니다. 그들이 지나다닐 때 발밑에서는 게가 놀라 달아나거나, 납작 엎드려 집게발을 내밀기도 합니다. 투명한 새우들은 젖은 흙 속으로 기어 들어갑니다. 사람들은 긁어모은 해초를 황소가 끄는 수레에 싣고는 바윗돌투성이의 길로 나가는

데, 이런 모습을 사방에서 볼 수 있습니다. 가끔 험한 언덕길 위에서 물에 젖은 해초를 가득 실은 수레가 나타나곤 합니다. 어린아이들도 막대기로 들것을 만들어 해초를 나릅니다.

이 모든 일은 우울해 보이면서도 감동적인 풍경을 만들어냅니다. 갈매기가 놀랐는지 알을 깐 둥우리 주위를 날며 울어 댑니다. 바닷가에서 해초를 수집하거나 뭍에서 곡식을 거둬들이는 동안은 온통 고요함에 싸여 이런 광경들을 엄숙하게 만듭니다.

사납고 험한 대자연 앞에 인간의 노력이 만들어내는 살아 있는 침묵 속에 소를 모는 소리, 갈퀴질하는 소리만이 들려올 뿐입니다. 마치 들에서 일하는 수도사들이 사는 트러스트 수도원을 지나가는 것처럼 숙연함마저 감돕니다. 행인들은 마부들에게 관심조차 없는 것 같습니다. 다만 커다란 눈을 가진 황소만이 행인들을 바라볼 뿐입니다.

그러나 이곳 주민들은 침울해 보이지 않습니다. 그들은 일요일이 되면 브르타슈 특유의 포크 댄스를 추며 즐거운 시간을 보내기도 합니다. 그들은 저녁 8시가 되면 성당과 묘지 앞에 있는 길가에 모여듭니다. 묘지라는 말은 어딘지 무거운 느낌을 주지만, 이곳에서는 조금도 그런 분위기를 느낄 수가 없습니다. 여기 묘지에는 회양목도, 주목도, 대리석으로 된 비석도 없기 때문입니다. 묘지다운 모습이나 엄숙함은 조금도 느껴지지 않고, 단지 십자가만 서 있을 뿐입니다. 친척들만 모여 사는 조그만 마을에서 흔히 일어나는 일처럼, 십자가에 같은 이름이 되풀이되는 일은 많습니다. 이 묘지 주변은 풀이 무성하고 담이 낮아서 어린아이들이 그 위에 기어 올라가서 놀기도 합니다. 어쩌다 마을에 장례식이 있는 날이면, 묘지 앞에 무릎을 꿇은 사람들의 모습이 멀리서도 보입니다.

늙은이들은 낮은 담 아래쪽 따뜻한 양지에 앉아, 고요한 묘지와 영원한 여행자인 바다 사이에서 실을 뽑거나 잠을 자기도 합니다. 또한 그곳은 일요일 저녁이 되면 젊은이들이 춤을 추러 오는 장소이기도 합니다.

둑에 부딪히는 파도가 달빛에 환하게 보일 무렵, 젊은 남녀들이 한데 모여 원을 그린 다음, 누군가가 가냘픈 목소리로 시작한 단조로운 멜로디를 따라 모두 노래를 부릅니다.

"프라트 에뎅의 마당에서……." 하고 누군가가 선창을 하면 나머지 사람들은 "프라트 에뎅의 마당에서……."라며 바로 되풀이하여 부릅니다.

젊은 남녀들은 포크 댄스를 신나게 춥니다. 처녀들이

쓰고 있는 하얀 모자가 나비처럼 펄럭거립니다. 언제나 그랬듯이 노래의 반은 바닷바람 속에 묻혀버립니다.

"……하인을 잃었다…… 내 색깔의……."

이곳의 노래는 어떤 의미보다는 춤추는 리듬에 맞추려고 만든 노래가 대부분인데, 이렇게 간간이 들려오는 것이 더욱 순박하고 아름답게 느껴집니다. 희미한 달빛이 비추는 그런 밤에 추는 춤은 무척이나 환상적으로 보입니다. 모든 것이 온통 회색, 검은색, 흰색뿐입니다. 이 도시의 색깔은 실제와는 달리 꿈속에서 보는 것 같은 색조를 띠고 있습니다. 때마침 달이 서서히, 그리고 높이 떠오릅니다. 그러자 묘지의 십자가와 한쪽 구석에 세워진 커다란 골고다 십자가의 그림자가 젊은 남녀가 춤추는 곳까지 서서히 비쳐 옵니다. 그들이 한바탕 신나게 놀고 나면 시계는 10시를 알려 줍니다. 그제야 사람들은 헤어져서 제각기 마을의 좁은 길목을 지나 집으로 향합니다. 낡은 층계, 지붕 모서리, 열린 헛간 등이 달빛을 따라 기울어 갑니다.

우리는 커다란 무화과나무가 있는 낡은 벤치를 따라 걸어갔습니다. 발밑에서 밀짚 부서지는 소리가 들리고 비릿한 바다 냄새, 추수한 곡식 냄새가 마구간 냄새와 섞여 퍼져 갑니다.

우리가 머물던 집은 마을에서 조금 떨어진 곳에 있었습니다. 우리는 돌아가는 길에 울타리 위로 비치는 등대의 불빛을 보았습니다. 밝은 등댓불, 빙빙 돌아가는 등댓불, 고정된 등댓불……. 바닷물은 어둠 속에서 보이지 않았기 때문에 그것은 마치 검은 암초 벽이 평화로운 들판에 솟아 있는 것처럼 보였습니다.

팔 집

　그 집의 목조 대문은 아귀가 잘 맞지 않아 가끔씩 정원의 모래와 거리의 먼지를 뒤섞이게 했습니다. 그 집의 목조 대문에는 오래전부터 팻말이 걸려 있었습니다. 한여름의 태양 밑에서도 꼼짝하지 않더니, 가을이 되자 바람에 몹시 흔들려 폐가라는 말이 오히려 더 어울리는, 팔려고 내놓은 집이었습니다. 그 때문인지 집 주위에는 적막감마저 감돌았습니다.

　그러나 그 집에는 누군가가 살고 있었습니다. 가늘고 하얀 연기가 담보다 약간 높은 벽돌로 된 굴뚝을 통해 기어 올라오고 있었습니다. 그 연기는 마치 가난한 사람들이 피우는 불의 연기처럼, 겸허하고 슬픈 생활을 알려 주는 듯했습니다. 흔들리는 문의 틈바구니에서는 체념이라든가 공허한 기분 혹은 팔 집이라든가 이사를 갈 것임을

예고하는 그런 느낌은 전혀 엿볼 수 없었습니다. 샛길들은 정돈되어 있었으며, 둥글게 생긴 벤치는 풀에 덮인 채로 있었고, 우물가에는 빨래터가 보였습니다. 정원사들이 쓰는 도구들도 헛간 옆에 가지런히 세워져 있었습니다. 그 집은 흔히 볼 수 있는 농가일 뿐이었습니다.

경사진 땅을 작은 층계로 균형을 잡아놓은 2층 집으로, 아래층은 온실 같아 보였는데, 층계 위에는 유리 뚜껑들이 포개져 있었고, 빈 화분은 엎어져 있었으며, 하얗고 따뜻한 모래 위에 제라늄과 마편초가 담긴 화분이 가지런히 놓여 있었습니다. 두서너 개의 큰 플라타너스와 함께 정원은 햇볕을 가득 받고 있었습니다. 또 덩굴손이 긴 완두콩과 딸기나무도 있었는데, 열매가 열리는 부분에는 잎이 약간 떨어져 있었습니다.

이렇듯 질서 있어 보이면서도 적막감이 도는 이 집에는 한 노인이 밀짚모자를 쓴 채 하루 종일 샛길로 왔다 갔다 하면서, 서늘한 시간이면 물을 주기도 하고 운동을 하기도 했습니다.

노인은 이 고장에 아는 사람이 아무도 없었습니다. 찾아오는 사람이라고는, 이 마을에 단 하나밖에 없는 길로 달려와서 집집마다 빵을 배달해주는 빵집 마차 빼고는 아무도 없었습니다. 이따금 좋은 과수원을 만들고 싶어

하는 사람들이 비옥한 땅을 찾으려고 지나가다가 우연히 팻말을 발견하고는 발을 멈추어 초인종을 눌러볼 뿐이었습니다. 그러나 처음엔 초인종을 눌러도 아무런 대답이 없었습니다. 두 번을 울리고 나서야 신발 끄는 소리가 정원 안쪽에서부터 천천히 들려오더니 노인이 문을 비스듬히 열고 화난 듯이 물었습니다.

"무슨 일이오?"

"집을 파시는 건가요?"

"그렇소."

노인이 마지못해 대답했습니다.

"그렇소. 판다고요. 그러나 미리 말씀드리지만 대단히 비싸다오."

그리고 노인은 빗장을 잠갔습니다. 그의 눈빛을 보고 있노라면 누구나 도망치고 싶어질 것입니다. 노인은 항상 화난 듯한 눈으로 사람들을 바라보았습니다. 마치 거대한 용처럼 버티고 서서 채소밭과 모래가 깔린 작은 마당을 지키고 있었습니다. 그래서 지나가는 사람들은 참이상한 노인이라고 생각했습니다. '그렇게 팔기 싫은 집을 왜 팔려고 내놓았을까? 혹시 미친 것은 아닐까?' 하고 의아하게 생각하는 것이었습니다.

하지만 이 수수께끼는 오래지 않아 풀렸습니다. 어느

날 나는 그 집 앞을 지나가다가 큰 소리로 다투는 소리를 들었습니다.

"팔아야 해요, 아버지. 팔아야 한다고요. 판다고 약속하시지 않았어요?"

이어서 노인의 떨리는 음성이 들려옵니다.

"그야……, 나도 정말 팔고 싶어. 그래서 팻말을 내건 것 아니냐."

그제야 나는 파리에 작은 가게를 갖고 있는 아들과 며느리가 노인이 마음에 들어 하는 이 집을 팔도록 요구하고 있다는 것을 알았습니다. 무슨 이유에서였을까요? 나는 모릅니다. 그러나 확실한 것은, 너무 오래도록 안 팔린다고 판단한 그들이 그날부터 매주 일요일마다 찾아와 불쌍한 노인을 귀찮게 하며 약속을 지키도록 강요한다는 것이었습니다. 땅조차도 일주일 동안 경작하고 씨를 뿌린 다음에는 휴식을 취하게 해야 한다는 일요일의 평온함 속에서, 말다툼은 길거리까지 크게 들려왔습니다. 가게를 가진 그들은 투구 놀이를 하면서도 다툼을 그치지 않았습니다. 그 날카로운 음성 속에서 돈이라는 말은, 마치 부딪치는 쇳소리처럼 싸늘하게 울렸습니다. 저녁이 되면 그들은 다시 파리로 돌아가버립니다. 노인은 그들을 배웅하고 또 일주일은 살았다는 듯이 좋아하며 대문을 닫아버리는 것이었습니다. 일주일 동안 또다시 그 집은 조용해집니다. 태양이 쨍쨍 내리쬐는 정원에는 모래밭을 밟는 무거운 발소리와 쇠스랑 소리가 전부입니다.

그러나 일요일마다 노인은 점점 더 재촉을 받았고, 이 때문에 고통을 받아야 했습니다. 가게를 하는 젊은 부부는 온갖 방법을 생각해냈습니다. 노인의 마음을 움직이기 위해서 아이들을 데려오기도 했습니다.

"할아버지, 이 집이 팔리면 할아버지는 우리와 같이 사는 거예요. 다 함께 살면 얼마나 좋겠어요!"

한번은 며느리가 노인에게 이렇게 소리치는 것을 들을 수 있었습니다.

"이 허술한 집은 아무 쓸모가 없어요! 차라리 부숴버리는 것이 속 시원하겠어요!"

그러나 노인은 아무 말 없이 듣고만 있었습니다. 그들은 마치 노인이 죽기라도 한 것처럼 말했으며, 그 집도 이미 부서져버린 것처럼 이야기하는 것이었습니다. 노인은 허리를 굽히고 눈물을 글썽이면서도, 늘 그랬던 것처럼 쳐낼 가지와 손봐야 할 과일을 찾으며 정원을 걸었습니다. 노인은 자신의 생명이 이 좁은 땅에 깊이 뿌리박혀 있기 때문에, 절대로 이 집에서 떨어져 나갈 수 없다고 생각했습니다. 사실 노인은 누가 뭐라 하던 그 집을 떠나는 날을 미루고 있었습니다. 그해 더위가 덜해 아직 익지 않은 여름의 벚나무, 까치밥나무의 열매가 익어갈 때면 그는 말하곤 했습니다.

"수확할 때까지 기다리자. 그다음에 너희들 말대로 곧 팔 테니까……."

그러나 수확이 끝난 후 버찌 철이 가고, 복숭아 철이 오고, 또 포도 철이 옵니다. 그런 다음에는 눈이 내릴 쯤에야 딸 수 있는 아름다운 갈색 모과 철이 오고 뒤이어 겨울이 찾아옵니다. 땅은 다시 거무스름해지고 정원은 텅 빕니다. 이제는 지나가는 사람도 없고, 집을 사러 오는 사람도 없습니다. 일요일마다 찾아오던 젊은 부부도 더 이상 오지 않습니다. 3개월의 휴식 동안 노인은 씨 뿌릴 준비를 하고 과수의 가지를 고릅니다. 그동안 아무 구실도 하지 못한 팻말은 길가에서 혼자 흔들리다가 비바람에 뒤집히곤 했습니다.

노인이 집을 사러 오는 사람들을 쫓아버리려고 온갖 방법을 다 쓰고 있다고 생각한 아들 내외는 화가 나 마침내 굳은 결심을 했습니다. 바로 며느리가 그 집에 와서 살기로 한 것입니다. 며느리는 아침부터 화장을 하고, 장사에 길들여진 사람처럼 지나친 친절과 겉치레뿐인 붙임성이 있는 여자였습니다. 그녀는 밖으로 나 있는 길까지

도 마치 자신의 소유라도 되는 듯 거들먹거렸습니다. 그
녀는 대문을 활짝 열고, 지나가는 사람들에게 미소를 보
내며 이렇게 말했습니다.

"한번 들어와 보세요. 이 집은 팔 집이에요."

이제 이 가엾은 노인에게는 휴식마저 없어졌습니다.
때때로 며느리와 함께 있는 것을 잊으려고 노인은 밭에
나가 가래질을 하고 씨를 뿌렸습니다. 노인의 모습은 공
포를 잊기 위해 갖가지 계획을 세우는, 마치 죽음이 멀지
않은 사람처럼 보였습니다. 젊은 며느리는 끊임없이 노
인의 뒤를 따라다니며 그를 괴롭혔습니다.

"이런 게 무슨 소용이 있겠어요? 그렇게 고생해봐야
딴 사람만 좋은 일시키는 거 아니에요?"

노인은 대답하지 않았습니다. 그는 이상하리만큼 고집
을 부리며 일에 열중했습니다. 정원을 가꾸지 않고 그냥
둔다는 것은, 정원을 잊고 있다는 것이며, 결국 인연이
멀어지는 것과 같은 일이라고 생각했기 때문입니다. 그
래서 언제나 샛길에는 잡초 하나가 없었고, 장미나무에
는 꺾인 가지가 하나도 없었던 것입니다.

그러는 중에도 그 집을 사겠다고 오는 사람은 없었습
니다. 때마침 전쟁 중이었기 때문에 며느리가 아무리 문
을 활짝 열어놓고 길에 나서서 애교 있는 시선을 보내도,

지나가는 것은 이삿짐뿐이었고 들어오는 것은 먼지뿐이었습니다. 며느리는 날이 갈수록 더욱 신경질만 부렸습니다. 그러다가 파리에 일이 생겨서 돌아가야만 했습니다. 그날 나는 그녀가 시아버지를 몹시 구박하며, 한바탕 난리를 피우고 문을 두들기는 소리를 들었습니다. 노인은 말없이 허리를 구부리고 완두콩 덩굴이 뻗어 나가는 것을 바라보며 마음을 달래고 있었습니다. '팔 집'이라는 팻말은 언제나 같은 자리에 매달려 있었습니다.

올해 내가 시골에 갔을 때, 그 집은 분명히 그대로 있었습니다. 아! 그런데 팻말에 붙어 있던 종이가 찢겨 나가 보이지 않았습니다. 팻말만이 곰팡이가 핀 채로 아직도 벽에 걸려 있을 뿐이었습니다. 이제 모두 끝난 것입니다. 그 집은 결국 팔리고야 만 것입니다.

회색의 큰 대문 대신에 새로 칠한 푸른 문이 보였습니다. 그 푸른 문은 정면이 둥글었는데, 철책의 채광창이 열려 정원이 들여다보였습니다. 이미 옛날의 그 과수원이 아니었습니다. 화단과 잔디와 폭포를 꾸며 놓은 소시민적인 정원이라고나 할까요? 모든 것이 현관 층계 앞에서 흔들리고 있는 금속제 큰 공에 반사되고 있었습니다. 그 공 속에 비쳐 샛길은 선명한 줄을 이루고, 큰 얼굴 두 개가 과장되게 펼쳐져 있었습니다. 땀에 흠뻑 젖은 붉은 얼굴의 뚱뚱한 사내가 투박한 의자에 파묻혀 있었고, 뚱뚱한 여인은 숨을 헐떡거리며 물 주전자를 흔들며 외쳤습니다.

"봉선화에 물을 열네 통이나 주었어요."

전에 있던 집 위로 한 층을 더 쌓아 올리고, 울타리도 새로 만든 것 같았습니다. 새롭게 단장한 모퉁이 구석은 아직도 페인트 냄새가 나고 있었고, 유명한 댄스곡이나 궁중 무도회의 폴카를 연주하는 피아노 소리가 요란스럽게 들려오고 있었습니다.

7월의 심한 먼지에 섞여 길까지 들려오는 소리는 듣는 사람을 더 덥게 했고, 댄스곡과 커다란 꽃, 뚱보 여인의 수선스러움, 넘쳐흐르는 저속함, 이 모든 것이 내 마음을 슬프게 했습니다. 나는 늘 행복한 듯이 조용히 걷던 가엾은 노인을 떠올렸습니다. 밀짚모자를 눌러쓰고, 따분한 일상을 괴로워하며 눈물마저 글썽거린 채 어느 가게의 뒤쪽을 왔다 갔다 하고 있을 노인의 모습을 상상했습니다. 그러는 사이, 며느리는 이 작은 집을 팔고 받은 돈이 가득 들어 있는 새 계산대에서 사뭇 뽐내며 서 있을 것입니다.

메뚜기 떼

내가 사헬 지방의 농가에 도착한 날 밤은 제대로 잠을
이룰 수 없었습니다. 처음 와보는 지방인 데다 아직 여행
의 흥분도 가라앉지 않은 상태였으며, 자칼의 울음소리까
지 들려왔기 때문이었습니다. 게다가 숨 막히게 찌는 더
위 속에 모기장 구멍으로는 바람 한 점 새어 들어오지 않
았습니다.

새벽에 창문을 여니 가장자리를 검붉게 물들인 짙은
여름 안개가 마치 전쟁터의 화약 연기처럼 천천히 공기
속을 떠돌고 있었습니다. 나뭇잎조차 흔들리지 않았습
니다. 눈 아래 멋진 정원에는 경사면에 간격을 맞춰 심은
포도나무가 달콤한 포도주를 만들어줄 뜨거운 태양을 받
아들이고 있었습니다. 구석진 응달에 촘촘히 열 지어 선
유럽산 과일나무와 오렌지나무, 귤나무들은 축 처진 채

폭풍이라도 몰아치길 간절히 기다리고 있는 듯했습니다. 가벼운 바람에도 쉽게 어린 나뭇잎을 흔들어대던 연초록의 커다란 바나나무 줄기들도 무성한 잎들과 함께 미동도 없이 꼿꼿이 서 있었습니다.

나는 동작을 멈추고 세상의 온갖 나무가 모여 계절에 따라 자기 꽃을 피우고 열매를 맺는 이 멋진 정원을 잠시 동안 바라보았습니다. 밀밭과 코르크나무 숲 사이에 반짝이는 시냇물만이 숨 막힐 것 같은 아침 풍경을 식혀주고 있었습니다.

무어식 회랑을 지닌 아름다운 농가와 새벽이면 더 새하얗게 보이는 테라스, 옹기종기 서 있는 마구간과 헛간……. 이 모든 화려함과 질서정연함에 감탄하며 나는 용감한 이곳 농장 주인들이 20년 전 이곳에 정착하기 위해 사헬의 골짜기로 찾아오는 장면을 상상해보았습니다.

당시만 해도 이곳은 키 작은 야자수나 향나무가 듬성듬성 나 있고 도로를 닦는 인부들의 허름한 막사밖에는 보이지 않는 황무지였을 겁니다. 모든 걸 다시 만들고 다시 지어야 했겠지요. 아랍인들의 반란이 끊이지 않아 그때마다 쟁기를 던져두고 총을 잡아야 했을 겁니다. 게다가 전염병, 눈병, 열병, 흉작, 경험 부족의 실수들, 변덕심하고 속 좁은 행정관과의 다툼 등도 끊이지 않았을 테지요. 얼마나 많은 어려움이 있었을까요? 얼마나 힘이 들었을까요? 얼마나 노심초사했을까요?

어려운 나날도 다 끝나고 어느 정도 돈도 모았지만 아직도 농장주인 내외는 이곳에서 제일 먼저 일어난답니다. 아침이 되면 두 내외가 일꾼들이 마실 커피를 준비하며 1층 식당을 바삐 오가는 소리가 들려옵니다. 이어 종이 울리고 일꾼들은 줄을 지어 길을 나서지요. 부르고뉴에서 온 포도밭 일꾼들, 붉은 모자에 남루한 차림의 카빌리아 일꾼들, 맨 다리를 드러낸 마흔의 토목공들, 몰타인들, 뤼크인들……. 온갖 출신이 섞여 있어서 다루기도 힘듭니다. 농장 주인은 문 앞에서 한 사람 한 사람에게 그날 해야 할 일을 다소 엄격한 목소리로 간단히 설명해줍니다. 이 작업을 다 끝내고 농장 주인은 고개를 들어 걱정스러운 표정으로 하늘을 바라봅니다. 그러다 창문 앞에 서 있는 나를 발견하고 말을 건넵니다.

"농사를 짓기엔 안 좋은 날씨네요……. 지금 열풍이 불어오고 있어요."

해가 높아지면서 정말로 숨 막힐 듯한 뜨거운 공기가 남쪽으로부터 불어오기 시작했습니다. 마치 누가 화덕 문을 열었다 닫았다 하는 것 같았습니다. 이럴 때는 어디에 몸을 두어야 할지 무얼 해야 할지 모르겠습니다. 이렇게 오전이 지나갔습니다.

우리는 회랑의 돗자리 위에 앉아 커피를 마셨습니다. 움직일 힘조차 없었습니다. 개들도 지쳤는지 조금이라도 시원한 타일 바닥을 찾아다니며 배를 깔고 누웠습니다. 점심 식사를 하고 나서야 조금 기운을 차릴 수 있었습니다. 잉어와 송어, 멧돼지, 고슴도치, 스타우엘리 버터, 크레시아 포도주, 구아바, 바나나 등을 재료로 한, 우릴 둘러싼 다양한 자연만큼이나 푸짐하고 특별한 식사였습니다. 막 식탁에서 일어서려는데 화덕 같은 열기를 막기 위해 닫아놓은 창문 너머로 갑자기 고함 소리가 들렸습니다.

"메뚜기 떼다! 메뚜기 떼!"

순간 주인의 얼굴은 파산 선고라도 받은 사람처럼 창백해졌습니다. 우리는 서둘러 밖으로 뛰어나갔습니다. 조금 전까지 그렇게 조용하던 집 안은 갑작스레 낮잠에서 깨어난 사람들의 다급한 발소리와 분명치 않은 목소리로 10여 분이나 시끄러웠습니다. 현관 그늘 아래서 잠자던 하인들은 막대기, 쇠스랑, 도리깨 등을 닥치는 대로 들고 뛰쳐나와 금속 식판이며 구리 냄비, 대야, 작은 냄비 등을 마구 두들겨댔습니다. 양치기들은 나팔을 불어댔고 바다 고둥이나 사냥용 뿔피리를 부는 사람도 있었습니다. 하지만 이런 끔찍한 불협화음의 소음보다 더 크게 들린 것은 이웃 촌락에서 달려온 아랍 여인들이 날카롭게 '휘이, 휘이, 휘이' 외치는 소리였습니다. 아마 큰 소리로 메뚜기 떼를 쫓거나 내려앉는 것을 막으려는 시도 같았습니다.

한데 이 끔찍한 곤충들이 대체 어디에 있다는 걸까요? 열기로 흔들리는 하늘에 보이는 것은 지평선 쪽에서부터 다가오는 구릿빛의 견고한 구름 한 점뿐이었습니다. 우박이라도 내릴 듯 먹구름이 몰려오며 숲 속 수천 그루 나뭇가지 사이에서 돌풍이 이는 소리가 났습니다. 그것이 바로 메뚜기 떼였습니다. 메뚜기들은 마른 날개를 활짝 펴고 서로를 지탱하며 무리 지어 날아왔습니다. 우리가 아무리 아우성치고 별짓을 다 해도 메뚜기 떼의 검은 구름은 들판에 커다란 그림자를 만들면서 다가왔고 얼마 안 있어 우리의 머리 위를 덮었습니다. 이윽고 가장자리쪽이 무너지는 듯하더니 이내 우박이 쏟아지듯 붉은 메뚜기들이 하나둘 떨어져 내리기 시작했습니다. 이어 메뚜기 떼가 사방으로 흩어지며 요란한 소리와 함께 메뚜기 우박이 억수처럼 쏟아졌습니다. 광대한 평원은 순식간에 손가락 두께만 한 메뚜기들로 뒤덮였습니다.

이때부터 메뚜기 살육이 시작되었습니다. 짚을 빻듯

끔찍하게 으깨지는 소리가 들렸습니다. 쇠스랑, 곡괭이, 쟁기 등을 들고 사람들은 메뚜기들이 우글대는 땅을 휘저었습니다. 하지만 아무리 죽여도 메뚜기 수는 늘어나기만 했습니다. 층층이 쌓인 메뚜기들이 긴 다리들을 서로 얽은 채 우글댔습니다. 위쪽에 있던 메뚜기들은 힘껏 뛰어올라 '메뚜기 살육 작전'이라는 이 낯선 작업에 동원된 말들의 콧잔등에까지 올라앉았습니다. 농장과 천막촌의 개들까지 메뚜기 떼에 달려들어 사납게 물어뜯었습니다.

바로 그때 알제리 저격병으로 구성된 두 부대가 나팔수를 앞세우고 곤경에 빠진 이민자들을 돕기 위해 달려왔습니다. 그와 함께 메뚜기 살육 작전의 양상은 뒤바뀌었습니다. 군인들은 메뚜기들을 뭉개버리는 대신 광범위하게 화약을 뿌리고 불을 질렀습니다.

메뚜기 살육에 지치고 고약한 냄새가 역겨워 나는 집으로 돌아왔습니다. 하지만 농장 안에도 바깥만큼이나 메뚜기가 많았습니다. 열린 문과 창문, 굴뚝을 통해 들어온 겁니다. 메뚜기들은 목재나 커튼 모서리를 갉아먹으며 기어 다니다 떨어지고 날아오르기를 거듭했습니다. 특히 하얀 벽을 기어오를 때는 커다란 그림자를 만들어 더 끔찍했습니다. 지독한 냄새도 사라지지 않았지요.

저녁 식사 때는 물조차 먹을 수 없었습니다. 물탱크며 대야, 우물, 어항까지 모조리 메뚜기들에 오염되고 만 겁니다. 사람들이 이미 많은 메뚜기를 잡았음에도 저녁때 방으로 돌아와보니 가구 밑에서는 여전히 메뚜기들이 부스럭거리고 있었습니다. 방 안의 메뚜기들이 날개를 부비는 소리는 마치 불 속에서 콩깍지가 터지는 소리 같았습니다.

그날 밤엔 도저히 잠을 이룰 수 없었습니다. 농장 주변의 사람들이라면 다 마찬가지였을 겁니다. 평원은 한쪽 끝에서 다른 쪽 끝까지 불길에 휩싸여 있었습니다. 군인들은 그때까지도 메뚜기 떼를 죽이고 있었습니다.

다음 날, 예전처럼 내 방 창문을 열었을 때 메뚜기 떼는 사라지고 없었습니다. 하지만 메뚜기 떼가 남긴 잔해는 얼마나 처참하던지! 꽃 한 송이, 풀 한 포기 남지 않고 모든 것이 검게 타 그을려 있었습니다. 메뚜기들이 갉아 먹은 바나나나무, 살구나무, 배나무, 귤나무는 앙상한 가지만으로 겨우 구분할 수 있었습니다. 나무는 더 이상 아름답지 않았고 생명의 징표인 흔들리는 나뭇잎 하나 볼 수 없었습니다.

사람들은 물통과 저수통을 청소하고 있었습니다. 일꾼들은 메뚜기들이 까놓은 알들을 묻기 위해 여기저기 땅

을 팠습니다. 그들은 흙 한 덩이 한 덩이를 정성스럽게
으깨서 갈아엎었습니다.

비옥한 땅을 갈아엎고 난 뒤 하얗게 드러난 나무뿌리
와 수액을 보고 있자니 마음이 아파 왔습니다.

조그만 파이

일요일 아침, 튀렌 가에 있는 제과점 주인 슈로는 파이를 배달하는 소년을 불러 이렇게 말했습니다.

"보니카 씨가 주문한 파이야. 갖다주고 빨리 와야 한다. 소문에 의하면 베르사유 정부군이 파리에 들어왔다니까 말이야."

정치가 무엇인지 전혀 모르는 소년은 그저 따끈한 파이를 접시에 담고, 그 접시를 하얀 보자기에 싸서 자기 모자 위에 얹고 보니카 씨가 사는 릴 생 루이를 향해 서둘러 출발했습니다. 무척이나 쾌청한 날씨였습니다. 5월의 밝은 태양, 라일락과 벚꽃이 가득한 계절이었습니다. 멀리서 총소리가 들리고 길모퉁이에서 나팔 소리가 울리긴 했지만, 오래된 마레 가는 평소 일요일의 거리와 다름없는 평화로운 모습 그대로였습니다.

마당에서는 어린아이들이 춤추며 놀고 있었고, 문 앞에서는 처녀들이 깃털 공치기 놀이를 하고 있었습니다. 전쟁이 일어난 날 아침, 맛있는 파이 냄새를 풍기며 인적이 드문 길을 달려가는 하얀 모자는, 순박한 휴일 기분을 더하기에 충분했습니다. 거리는 대포를 끌고 오고 바리게이트를 치느라 무척 소란스러웠습니다. 한 발자국 건너마다 시민군이 바삐 서두르고 있었습니다. 그러나 제과점 소년은 정신을 똑바로 차리고 있었습니다. 축제날, 설날, 일요일 같은 때면 항상 달려야 했기 때문입니다. 그래서 소년은 혁명 같은 것에 놀라거나 두려워하지 않았습니다.

조그만 하얀 모자가 군모와 총검 사이를 이리저리 뚫고, 부딪치지 않도록 어떤 때는 천천히, 어떤 때는 재빨리 지나가는 모습은 재미있어 보였습니다. 소년에게 전쟁 따위는 아무런 상관이 없었습니다. 소년의 문제는 오로지 보니카 씨 댁에 12시 정각에 도착해서 대기실 테이블 위에 놓인 팁을 빨리 가져오는 일이었습니다.

그런데 갑자기 군중이 밀려들었습니다. 공화국의 고아들이 노래하며 행진하고 있었기 때문이었습니다. 그 아이들은 열두 살부터 열다섯 살까지의 소년들이었는데, 총을 메고 붉은 허리띠에 긴 장화를 신어서 병정 같은 차림이었습니다. 하지만 그들은 전쟁 따위는 아랑곳하지 않았습니다. 그들은 사순절 전 화요일에 종이 모자를 쓰고 기묘한 가장을 한 채 큰길을 다니던 때처럼 오늘도 마냥 기분이 좋았습니다.

소년은 조그만 파이를 지키기 위해 혼잡한 인파 속, 길 한복판에서 얼마나 많은 재주를 부려야 했는지 모릅니다. 다행히도 파이는 안전했습니다. 그러나 행진하는 소년들의 활기찬 노래와 붉은 띠 그리고 행인들의 감탄과 호기심이 소년의 마음을 흔들어놓았습니다. 훌륭한 대열을 따라 조금이라도 걸어보고 싶은 욕망이 생겼던 것입니다. 그래서 소년은 자기도 모르게 시청을 지나고 릴 생루이를 지나 먼지바람 속, 어딘지도 모르는 곳을 향해 한없이 갔습니다.

보니카 집안에서는 25년 전부터 일요일이면 조그마한 파이를 먹는 관습이 있었습니다. 12시 정각이면 어른, 아이 모두 거실에 모여 앉아, 경쾌한 초인종 소리가 들려오면 동시에 이렇게 말하는 겁니다.

"아! 제과점에서 왔나 봐."

그러면 의자 끄는 소리, 옷 갈아입는 소리, 아이들의 웃음소리로 거실은 갑자기 떠들썩해집니다. 행복한 이

중산층 가족은 은 접시에 먹음직스럽게 담겨진 파이를 둘러싸고 앉습니다.

그러나 그날은 초인종이 울리지 않았습니다. 화가 난 보니카 씨는 왜가리 표본이 달린 괘종시계를 쳐다보았습니다. 시계는 언제나 정확했습니다. 아이들은 제과점 소년이 나타나는 길모퉁이를 바라보며 하품을 하고 있었습니다. 이젠 이야기하는 것도 싫증났습니다.

시계가 열두 번을 다 치고 나자 배는 더 고파집니다. 무늬가 있는 식탁보 위에는 번쩍이는 은 접시가 놓여 있고 하얀 냅킨이 뾰족하게 접혀 있었지만, 식탁은 덩그러니 커 보이기만 하고 서글퍼 보이기까지 합니다.

늙은 가정부는 벌써 여러 번 주인의 귓전에 속삭였습니다.

"고기가 타요. 완두콩이 너무 익었어요."

그러나 보니카 씨는 파이가 오지 않는 한, 식탁에 앉지 않겠다고 고집을 부렸습니다. 화가 머리끝까지 난 보니카 씨는 제과점 주인 슈로에게 파이가 늦는 이유를 물으러 직접 가보기로 했습니다.

그가 지팡이를 휘두르며 대문을 나서자 옆집 사람들이 일러주었습니다.

"조심하세요, 보니카 씨. 드디어 베르사유 군이 파리에

진격했대요."

하지만 이미 그의 귀에는 총소리도, 유리창을 울리는 시청의 대포 소리도 들리지 않았습니다.

"아! 그놈의 슈로, 나쁜 자식!"

그는 유리창과 접시가 떨리도록 호통치는 자기 모습을 상상하고 있었습니다. 그러나 루이 필립 다리의 바리게이트는 그의 분노를 산산조각 냈습니다. 그곳에는 사나운 얼굴을 한 혁명군 몇 명이 길바닥에 주저앉아 햇볕을 쬐고 있었습니다.

"어디 가시오, 동무?"

그는 자세히 설명했습니다. 하지만 파이 이야기는 혁명군의 의심을 자아내게 했습니다. 더구나 보니카 씨는 일요일인데도 프록코트를 입고 금테 안경을 끼고 있었으므로 어디로 보나 늙은 반동분자로 보일 뿐이었습니다.

"이자는 스파이가 분명해. 리고에게 보내야겠어."

이 말을 들은 네 명의 장정은 바리게이트에 남아 있고 싶지 않은 판에 잘됐다며 일어섰습니다. 그리고 억울하게 화가 치민 이 가련한 신사를 총대로 밀고 갈 뿐이었습니다.

하지만 어떻게 된 영문인지 그들은 반시간 뒤 정부군에 잡혀 긴 포로 대열에 끼어 베르사유로 향하게 되었습니다. 보니카 씨는 더욱더 흥분해서 지팡이를 휘두르며 끊임없이 자신의 이야기를 했습니다. 하지만 이 엄청난 전쟁 속에서 불행히도 파이 이야기는 엉뚱하고 우스꽝스러울 뿐이어서 장교들은 그저 코웃음칠 뿐이었습니다.

"좋소, 베르사유에 가서 얘기하시오."

포로 대열은 감시병 사이에 끼어 아직도 총탄 연기가 가득한 샹젤리제를 향해 움직이기 시작했습니다. 7월의 태양을 향해서……

포로들은 다섯 사람씩 한 조가 되어 걸었는데, 서로 떨어지지 않도록 팔짱을 끼어야 했습니다. 긴 포로 대열은 먼지가 날리는 길을 소나기가 쏟아지는 듯한 소리를 내며 지나가고 있었습니다.

가련한 보니카 씨는 마치 악몽을 꾸고 있는 것 같았습니다. 땀을 흘리고, 숨을 헐떡이며 공포와 피로에 지쳐 있었습니다. 그는 대열 맨 뒤에서 석유와 독주 냄새를 풍기는 늙은 마술사 옆에 있었습니다.

"과자 장수, 파이!"

수시로 그의 입에서 튀어나오는 이 말을 들은 사람들은 그가 미친 줄로 알았습니다. 이 가련한 신사는 이미 제정신이 아니었습니다. 그런데 올라가고 내려갈 때, 대열에 간격이 조금씩 생길 때마다 저 앞, 먼지 속에 슈로

제과점 소년의 흰 셔츠와 모자가 보이는 것이 아니겠어요! 그것도 한두 번이 아니고 여러 번이나! 하얀 모자는 그를 놀리듯 나타났다 사라졌다 하는 것이었습니다.

마침내 그들은 해가 질 무렵 베르사유에 도착했습니다. 군중은 옷이 마구 구겨지고 정신없어 보이는 이 안경 낀 사람을 거물급 반역자로 취급했습니다.

"저게 페릭스 피아 아닌가? 아니야, 테레크뤼즈야."

경비병들은 그를 오랑주리 정원까지 무사히 데리고 가느라 진땀을 흘려야 했습니다. 그곳에 가서야 이 포로 대열은 흩어져 땅 위에 눕거나 숨을 돌릴 수 있었습니다. 그곳에는 잠을 자는 사람도 있었고 욕설을 하는 사람도 있었습니다. 여기저기서 기침을 하고, 또 한편에서는 울고 있었습니다.

보니카 씨는 잠도 자지 않고 울지도 않았습니다. 창피하고 배도 고프고 피곤에 지쳐서 층계에 앉아 두 손에 머리를 파묻고 있었습니다. 그는 마음속으로 불행했던 오늘 하루를 가만히 생각해보았습니다. 집에서의 출발, 식구들의 불안, 아직도 자기를 기다리고 있을 식탁 그리고 모욕과 욕설, 총개머리……. 이 모든 것이 정확하지 못한 그 빌어먹을 놈의 과자장수 때문이었습니다.

"보니카 씨, 여기 파이를 가져왔어요!"

그는 고개를 번쩍 들었습니다. 슈로네 배달 소년이 하얀 앞치마에 감추었던 파이 접시를 내밀었습니다. 꼬마도 고아들과 함께 잡혀 왔던 것입니다. 그래서 보니카 씨는 폭동에 잡혀 오긴 했지만 이번 일요일도 다른 날과 마찬가지로 파이를 먹을 수 있었습니다.

겨울

복숭아꽃처럼 흰 얼굴에 뺨이 붉은 열다섯 살 식민지
태생의 백인 소녀가 북쪽 나라의 니에멩 강가로 표류해
왔습니다. 소녀는 벌새가 사는 나라에서 사랑의 바람을
따라 왔다고 합니다. 하지만 소녀가 살고 있던 섬의 사람
들은 한사코 그녀를 말렸습니다.

"가지 말거라. 대륙은 몹시 춥단다. 겨울이 되면 넌 얼
어 죽을 거야."

하지만 소녀는 겨울이란 말 자체를 믿지 않았고, 추위
는 그저 아이스크림을 먹을 때 느낄 수 있는 정도로만 생
각했습니다. 무엇보다도 소녀는 사랑에 빠져 있었기 때
문에 죽음 따위는 두렵지 않았습니다. 그래서 안개 낀 이
곳 니에멩으로 부채와 해먹과 모기장 그리고 여러 가지
색의 벌새가 들어 있는 금빛 새장을 들고 온 것입니다.

북쪽 할아버지는 따뜻한 곳에서 온 소녀가 측은했습니다. 추위가 단번에 이 소녀와 벌새들을 먹어 치우리라는 것을 알았던 것입니다. 그래서 그는 곧 커다란 황금빛 태양의 불을 피우고 여름옷으로 갈아입었습니다. 이 때문에 소녀는 북쪽 나라에서도 아주 무더운 날씨가 계속될 거라고 착각하게 되었고, 거무스름한 풀빛을 봄의 풀빛으로 알게 되었습니다. 그녀는 공원 안에 있는 전나무 사이에 해먹을 매달고 하루 종일 부채질을 하며 보냈습니다.

"북쪽 나라는 참 덥구나."

그녀는 웃으며 중얼거렸습니다. 그러나 왠지 모를 불안감이 감돌았습니다. 왜 북쪽 나라의 집들은 베란다가 없는 것일까? 벽은 왜 이렇게 두껍고, 양탄자와 무거운 장막은 도대체 뭘까? 이 커다란 사기 난로, 마당에 쌓아 놓은 장작더미, 모피, 두꺼운 외투, 옷장 안에서 잠자는 털옷은 도대체 무엇에 쓰이는 걸까?

가엾은 소녀는 그 이유를 곧 알게 되었습니다. 어느 날 아침, 잠에서 깨어난 소녀는 심한 추위를 느꼈습니다. 태양은 사라지고, 검게 드리운 하늘에서 하얀 솜털이 풀솜나무 밑에서처럼 떨어지고 있었습니다.

겨울이 왔구나! 겨울이 왔어! 바람이 불고 난롯불이

소리를 내며 타고 있었습니다. 커다란 새장에 있는 벌새들은 더 이상 노래를 부르지 않았습니다. 파랗고 빨갛고 초록빛 나는 새들의 조그만 날개는 움직이지 않았고, 서로 몸을 맞댄 채 추위에 떨었습니다.

공원 안 전나무에 매달린 해먹은 흰 서리가 가득 낀 채 유리처럼 얼어붙어 있었습니다. 소녀는 너무 추워서 밖으로 나갈 수가 없었습니다.

소녀는 새들처럼 난롯가에 웅크리고 앉아서 하루 종일 불길을 바라보았습니다. 따뜻한 태양은 기억 속에서나 다시 볼 수 있을 뿐이었습니다. 소녀는 불이 타고 있는 환한 벽난로 앞에서 고향을 생각했습니다. 사탕수수가 있고 태양 빛이 가득한 넓은 해안 길, 그리고 옥수수, 오후의 낮잠, 햇빛막이 발, 돗자리, 별이 총총한 밤하늘, 반짝이는 반딧불이 떼, 꽃 사이와 모기장 속을 날아다니는 수많은 날벌레 등 정겨운 고향의 풍경들이 눈앞에 아른거렸습니다.

이렇게 불꽃 앞에서 꿈꾸고 있는 동안 겨울의 낮은 더욱더 짧아지고 어두워져 갔습니다. 아침마다 새장의 벌새가 한 마리씩 죽어갔습니다. 결국 단 두 마리만 남아 초록빛 날개를 서로 맞대고 구석에 웅크리고 있었습니다.

그날 아침 소녀는 일어나지 못했습니다. 지중해에 있는 섬의 항구 마혼의 돛배가 북방의 빙산에 걸리기라도 한 듯 추위는 그녀를 꼼짝 못하게 했습니다. 그녀의 어두운 방에는 슬픔이 흐르고 있었고, 유리창에는 서리가 끼어 마치 두꺼운 비단 커튼을 친 것처럼 보였습니다.

마을은 죽은 듯이 조용했고, 제설차 소리만이 우울하게 들려오고 있었습니다. 소녀는 침대 속에서 심심풀이로 부채에 달린 번쩍이는 금 조각을 만지작거리거나, 고향에서 가져온 인디언 깃털로 장식된 거울로 자기 모습을 살펴보며 시간을 보냈습니다.

시간이 갈수록 소녀는 지루하고 서글퍼졌습니다. 소녀를 더욱 슬프게 하는 것은 침대에서 타오르는 불길을 볼 수 없다는 것이었습니다. 그녀는 고향을 두 번 잃은 것 같았습니다. 가끔 그녀는 이렇게 물었습니다.

"방 안에 불이 있나요?"

"물론이지, 있고말고. 벽난로 가득히 불이 타고 있어. 나무 타는 소리가 들리지?"

"아! 좀 보여줄 수 있나요?"

그녀는 몸을 구부려보았지만, 불은 너무 멀리 있어서 보이지 않습니다. 그녀는 불길을 보지 못해 실망스러웠습니다.

그러던 어느 날 밤, 그녀는 창백한 얼굴로 생각에 잠겨 있었습니다. 그녀의 애인이 가까이 다가와 침대 위에 있는 거울 하나를 집어 들었습니다.

"불꽃이 보고 싶니? 귀여운 사람! 좋아, 잠깐 기다려봐."

그는 벽난로 앞에 앉아 거울로 불빛을 비춰 보여주었습니다.

"보이지?"

"아무것도 안 보여."

"이번에도?"

"아! 이제 보여."

소녀는 명랑한 목소리로 소리쳤습니다. 그리고 눈동자 속에 불꽃을 간직한 채 웃으며 조용히 죽어갔습니다.

초연의 저녁

8시에 연극이 시작될 예정입니다. 이제 5분만 있으면 막이 오를 것입니다. 무대 감독, 세트맨, 소도구 담당 등 모두가 제자리에 있습니다. 제1장에 등장할 배우들이 먼저 자리를 잡고 저마다 포즈를 취하고 있습니다.

나는 다시 한 번 막의 구멍으로 객석을 내다봅니다. 객석은 꽉 차 있었습니다. 1,500명의 사람들이 반원의 관람석에 앉아 불빛 속에서 웃고 움직입니다. 그중에는 아는 사람의 얼굴도 어렴풋이 보입니다. 그러나 그들의 모습은 전혀 달라 보입니다. 새침한 얼굴, 거만하고 잘난 체하는 모습, 권총처럼 나를 겨누고 들이대는 쌍안경. 반면 한 구석에서 불안과 기대로 창백한 얼굴을 하고 있는 낯익은 사람도 보입니다.

그러나 냉담하고 적의에 찬 얼굴이 왜 그렇게도 많은

것인지? 게다가 이 사람들이 밖에서 가지고 온 많은 불안과 방심, 편견과 불신, 권태와 적의에 찬 분위기를 단한 번에 깨뜨리지 못한다면, 이 냉담한 모든 눈에 흥미의 불길을 붙이지 못해 내 연극이 성공하지 못한다면…….나는 더 기다리고 싶습니다. 막을 올리지 못하게 하고 싶습니다. 그러나 그럴 수는 없습니다. 이미 늦은 것입니다. 예비 종이 세 번 울리고 오케스트라가 서곡을 연주하기 시작합니다. 그 후 깊은 침묵 그리고 무대 뒤에서 들리는 소리가 희미해지고 멀어지더니 이내 넓은 객석으로 사라져 갔습니다. 내 연극이 시작되는 것입니다. 아, 불행한 자여. 나는 무엇을 했단 말인가?

두려운 순간, 진정 이 연극이 어떻게 될 것인지 나는 알수 없습니다. 나는 세트 기둥에 몸을 바싹 붙인 채 가슴졸이며 귀를 기울였습니다. 오히려 내 자신이 격려받아야할 심정인데 배우들에게 용기를 주고, 나도 모르는 소리를 지껄이고, 텅 빈 생각에 두 눈은 초점을 잃고……. 아!이럴 바엔 차라리 관객석으로 슬그머니 들어가 정면에서운명의 심판을 보는 것이 나을 것 같습니다. 그래서 연극과는 전혀 관련이 없는 냉정한 관객이 되어 뒷좌석에 숨었습니다. 주위에 흩어져 있는 무대의 먼지도 보지 않았습니다. 문을 여는 동작에서 가스에 불을 붙이는 동작에 이르기까지 섬세하게 지적했던 내 연출, 나 자신이 말했던 것을 마치 2개월 동안 잊고 지냈던 사람처럼 바라봅니다. 그러면 참으로 묘한 인상을 받게 됩니다.

나는 귀를 기울여보려고 했지만 잘되지 않았고, 그 모든 것이 나를 불편하게 하고 방해했습니다. 박스 좌석의 문을 여는 열쇠 소리, 의자가 덜그럭거리는 소리, 서로 응답하고 격려하듯이 퍼지는 기침 소리, 부채질하는 소리, 옷자락이 스치는 소리 등 아주 작은 소리까지도 몹시 크게 느껴져 귀에 거슬립니다. 그리고 적의에 찬 몸짓과 태도, 만족스럽지 못한 뒷모습, 권태로운 듯 뻗는 팔 등 그 모든 것이 무대를 가로막아버린 것 같습니다. 내 앞에 코안경을 쓴 젊은 사내가 심각한 표정으로 메모를 하며 말합니다.

"이건 좀 유치한데요."

옆자리에서는 낮은 소리로 소곤거립니다.

"내일이라는 거 아시죠?"

"내일?"

"네, 내일. 틀림없이 오셔야 해요."

이 사람들에게는 내일이 아주 중요한 날인가 봅니다. 하지만 나는 오늘만을 생각하고 있습니다. 이 혼란 속에서 내 대사는 어떠한 감명도 주지 못하고, 그 의미도 제대로 전달하지 못합니다. 배우의 음성은 위로 올라와 객석을 가득 채우는 대신에 스포트라이트 주위에 와서 멎습니다. 그러고는 박수 부대의 맥 빠진 박수를 들으며 프롬프터 박스 속으로 무겁게 떨어져버립니다. 저기 있는 사람은 무엇 때문에 화를 내고 있는 것일까요? 나는 너무나 두려워 차라리 나가버리고 싶은 심정입니다.

나는 결국 밖으로 나오고 말았습니다. 비가 내리고 있고, 주위는 온통 어둠에 차 있습니다. 그러나 나에게는 전혀 문제가 되지 않습니다. 아직도 내 앞에는 박스 좌석과 일반 좌석이 불빛을 받으며 관객들의 얼굴이 줄지어 소용돌이치고 있습니다. 그리고 무대는 그 한가운데에서 마치 움직이지 않는 하나의 점처럼 빛나고 있지만, 그것도 내가 멀어져 감에 따라 차차 희미해집니다. 걸어도 몸부림을 쳐도 소용이 없습니다. 그 저주스러운 무대만이 눈앞에서 어른거릴 뿐입니다.

내가 외우고 있는 대사가 계속해서 머릿속에 슬프게 펼쳐집니다. 그것은 나를 떠나지 않는 악몽입니다. 나와 마주치는 사람도, 진흙탕도, 거리의 소음도, 모두가 그 일부처럼 느껴집니다. 이때 거리 한구석에서 휘파람 소리가 났고, 나는 발을 멈춥니다. 바보! 합승 마차의 정거장……

빗줄기는 더욱 굵어지고 있었지만, 나는 계속해서 걸었습니다. 내 얼굴 위로 비가 내리는 것 같습니다. 모든 것이 물에 녹아내리고, 내 연극의 주역들은 부끄러움에 몸을 움츠린 채 길가의 진흙탕 속을 걸어오고 있는 듯합니다.

　이 우울한 생각을 떨쳐버리기 위해 카페로 들어갑니다. 그리고 희미한 불빛에서 책을 읽어봅니다. 하지만 눈앞의 글자가 뒤엉켜, 뛰고 늘어지고 뱅글뱅글 도는 바람에 무슨 뜻인지 알 수 없습니다. 그저 묘할 뿐 아무 의미도 없는 것 같습니다.

　몇 년 전 바람이 몹시 불던 어느 날, 바다 위에서 독서하던 일이 떠오릅니다. 그때 나는 물이 넘치는 배 위에서 다 낡은 영문법 책 한 권을 발견했습니다. 파도가 치고 돛대가 무너지는 가운데에서 그 위험을 잊어버리기 위해, 갑판 위로 부서지는 푸른 물결을 보지 않기 위해 영문법 공부에 몰두했습니다. 그러나 소리 내어 읽어도, 아무리 되풀이하여 외쳐보아도 소용없었습니다. 바다의 아우성과 닻 위로 몰아치는 북풍의 날카로운 소리 때문에 아무것도 알 수가 없었습니다.

　지금 내가 들고 있는 신문도, 나에게는 그때의 영문법 책과 마찬가지로 그 뜻을 전혀 알 수 없습니다. 그러나 나는 내 앞에 펼쳐진 이 큰 신문을 뚫어져라 들여다보고 있습니다. 그러자 짧은 문장으로 빽빽이 채워진 글 사이에서, 내일 행사에 관한 기사가 눈에 들어옵니다. 그리고 내 빈약한 이름도 씁쓸한 잉크 물결과 가시덤불 속에서 몸부림치고 있는 듯 보입니다. 갑자기 가스등이 어두워지고 카페는 문을 닫습니다.

"벌써? 대체 몇 시쯤 된 걸까?"

큰길은 사람들로 가득 찹니다. 연극이 끝난 것입니다. 틀림없이 나는 내 연극을 본 사람들과 스쳐 지났을 것입니다. 나는 그들을 붙잡아 물어보고 싶기도 하고, 이것저것 듣고도 싶었지만 서둘러 그들을 지나쳤습니다. 사실 나는 거리 한복판에서 그들의 비평을 듣는 것이 두려웠던 것입니다. 아! 집으로 돌아가는 사람들, 연극을 만들지 않는 사람들은 얼마나 행복할까……. 어느덧 극장 앞에 와 있습니다. 극장은 완전히 문이 닫혀 있습니다. 불도 꺼져 있고, 틀림없이 오늘밤 나는 아무것도 알 수 없을 것입니다. 그러나 비에 젖은 광고와 아직도 반짝거리고 있는 삼각 등불을 보니 몹시 쓸쓸해집니다.

조금 전까지만 해도 소음과 불빛 속에서 거리의 한구석을 차지하고 있던 이 큰 건물이 지금은 말없이 어둡고 쓸쓸하게, 마치 불에 타버린 집처럼 빗물만 뚝뚝 떨어지고 있습니다. 자! 이제 모든 것이 끝난 것입니다. 6개월의 연습과 꿈과 피로와 희망, 그 모든 것이 하룻밤 가스의 불길에 타서 재가 되어 날아가버린 것입니다.

8호 막사의 콘서트

마레와 생 탕투안 교외의 모든 부대는 그날 밤 도메닐
가 막사에서 숙영을 했습니다. 사흘 전부터 두크로 장군
이 이끄는 예비 부대는 상비니 언덕에서 싸우고 있었습
니다. 도시 외곽의 대로에서 야영하는 것은 아주 처량한
일입니다. 거리에는 공장의 굴뚝, 닫힌 정거장, 공사를 중
단한 건축물, 몇몇의 포도주 가게에서 비치는 등불만이
보일 뿐 침울하기 그지없었습니다.

아마도 11월의 꽁꽁 언 땅에 널빤지로 나란히 세워서
만든 막사만큼 춥고도 음산한 곳은 없을 것입니다. 잘 닫
히지 않는 창문, 항상 열려 있는 문, 바람 속에 나부끼는
배의 등불처럼 그을음이 나는 등잔불, 이것이 막사의 모
습입니다. 그곳에서는 책을 읽을 수도, 잠을 잘 수도, 앉아
있을 수도 없습니다. 추위를 잊고 몸을 따뜻하게 하려면

어린아이들의 놀이라도 해야 합니다. 그래서 발을 구르고, 막사 주위를 뛰어도 봅니다. 전쟁터 바로 밑에서 이렇듯 비효율적이고 바보 같은 생활은 매우 수치스럽고 짜증나는 일이 아닐 수 없습니다. 특히 그날 밤은 더욱 짜증스러웠습니다. 대포 소리가 멈추기는 했지만, 저 위에서 무서운 격전이 준비되고 있음을 알았기 때문입니다. 때때로 서치라이트가 파리 쪽을 비추게 되면 길가에 모여 있는 병사들, 거리를 메우고 걸어 올라가는 병사들이 보였습니다. 그들의 모습은 마치 트론 광장의 높은 기둥에 눌려 땅을 기어가는 것처럼 보였습니다.

나는 이 밤 가로수 길에서 혼자 추위에 떨며 서 있었습니다. 그때 누군가 내게 말했습니다.

"8호 막사로 가보세요. 콘서트가 열린다나 봐요."

나는 그곳으로 갔습니다. 우리 부대에는 여러 막사가 있었는데 8호 막사는 다른 막사보다 더 밝았고, 사람도 훨씬 많았습니다. 병사들은 총검 끝에 초를 꽂아 불을 켰는데, 그 촛불은 검은 연기를 내며 그곳에 모인 사람들의 얼굴을 비추고 있었습니다. 그들은 취기와 추위와 피로에 지친 노동자처럼 우울해 보였습니다. 한쪽 구석에는 군대 식당의 여자 관리인이 빈 병과 술잔이 흩어진 탁자 앞 의자에 앉아 입을 벌린 채로 잠들어 있었습니다.

아마추어 출연자들은 막사 한구석에 만들어놓은 무대로 올라가 순서대로 포즈를 취하고 노래를 부르거나, 멜로드라마에서처럼 온몸에 담요를 휘감고 나오기도 했습니다. 거리에서, 어린아이의 시끄러운 소리가 나는 노동자 촌에서, 매달아놓은 새장에서, 떠들썩한 가게에서 흔히 들을 수 있는 쉰 목소리가 들려왔습니다. 그런 목소리가 쟁기 소리, 망치 소리, 대패 소리와 함께 들려올 때는 나름대로 듣기 좋았지만, 지금 무대 위에서는 우스꽝스럽기만 할 뿐입니다. 처음에 나온 사람은 노동자였는데, 긴 수염이 있는 기계공 출신의 그는 프롤레타리아의 고통을 노래했습니다.

"불쌍한 프롤레타리아……, 아……, 아……."

그의 목소리는 쥐어짜는 듯했습니다. 다음으로는 졸고 있던 사람이 뛰어올라가 〈불한당〉이라는 노래를 불렀는데, 너무나 느리고 지루하게 불러서 마치 자장가를 듣는 것처럼 졸리기까지 했습니다. 그래서 그가 노래를 부르고 있는 동안, 구석에서 졸고 있던 사람들의 코고는 소리가 들려오기도 했습니다.

그런데 갑자기 판자 사이로 번쩍이는 섬광이 비추는가 싶더니 붉은 촛불이 파란빛을 띠었습니다. 그와 동시에 폭음이 일어나고 막사가 진동했습니다. 그리고 뒤이어 폭음은 더 은은하게 상비니 언덕으로부터 이따금씩 들려왔습니다. 전쟁이 다시 시작된 것입니다.

그러나 아마추어 가수들에게 전쟁 같은 건 안중에도 없는 듯했습니다. 무대 위에 있는 네 자루의 촛불이 군중의 연극 본능을 자극하는 듯했습니다. 빨리 노래가 끝나기를 기다리는 모습, 서로의 노래를 가로채서 부르는 모습은 볼 만한 구경거리였습니다. 그 열기로 인해 이제는 어느 누구도 추위를 느끼지 않았습니다. 무대 위에 선 사람도, 그 무대를 내려오는 사람도, 목구멍까지 올라오는 노래를 참으며 차례를 기다리는 사람도 모두 땀을 흘렸습니다. 그들의 얼굴은 붉게 달아올랐고 눈은 생기 있어 보였습니다. 자신감이 그들을 뜨겁게 해주고 있나 봅니다.

거리의 명물 중 양탄자를 파는 시인이 있었는데, 그는 자작시 〈에고이스트〉를 노래하겠다고 했습니다. 그 노래는 '샤깽 뿌르 쑤와(각자 자기만을)'라는 후렴이 붙어 있었는데, 이 시인은 발음에 문제가 있어 '파깽 뿌르 푸와(각자 신앙만을)'라고 부르는 것이었습니다. 이 노래는 전초 기지에 가는 것보다는 집 안의 난로 옆에 앉아 있기 좋아하는 배불뚝이 '부르주아'를 풍자한 노래였습니다. 나는 이 시인의 얼굴을 평생 잊지 못할 것 같습니다. 군모를 비스듬히 쓰고는 모자 끈을 턱에다 메고, 한 마디 한 마디에 힘을 주어 노래하며 우리를 향해 후렴을 토해내던 그 얼굴을 말입니다.

"각자 신앙만을, 각자 신앙만을……."

그러는 동안에도 대포 소리는 여전히 울리고 있었고, 이어서 기관총 소리가 들려왔습니다. 그 소리는 눈 속에서 추위로 죽어가는 부상병을, 꽁꽁 언 피바다 속 단말마의 고통을, 사방에서 어둠 속으로 날아든 대포알을, 검은 죽음의 그림자를 의미하는 것이었습니다.

그 와중에도 8호 막사의 콘서트는 계속되었습니다. 이제 콘서트는 상스러운 농담으로 넘어갔습니다. 눈꺼풀이 밖으로 뒤집히고 코가 빨간 괴상한 늙은이가 무대 위에서 몸을 뒤틀고 있었습니다. 사람들은 발을 구르며 브라보와 앙코르를 연발합니다. 남자들 간에 오가는 음탕한 농담에 모든 사람의 얼굴이 밝아집니다. 이때 갑자기 군대 식당의 여자 관리인이 깨어났습니다. 그녀는 사람들 틈에 낀 채로 남자들의 탐욕스런 눈짓을 받으며 몸을 비비꼬고 웃어댔습니다. 무대 위의 노인은 여전히 쉰 목소리로 〈하느님도 취해서〉를 노래하고 있었습니다.

나는 더 이상 참을 수 없어서 밖으로 나왔습니다. 이제 잠시 후면 내 보초 시간이 돌아올 것입니다. 그러나 지금 내게는 넓은 공간과 신선한 공기가 필요했습니다.

나는 꽤 오랜 시간을 걸어 센 강에 이르렀습니다. 달빛 속에서 물은 검게 보였습니다. 강가에는 인적이라고는 찾아볼 수 없었고, 어두운 파리는 불에 둘러싸여 잠들어 있었습니다. 대포의 섬광이 도시 주위에서 번쩍이고, 언덕 여기저기에서 불꽃이 일었습니다. 그때 바로 가까이에서 다급하고 낮은 목소리가 차가운 공기를 뚫고 똑똑히 들려왔습니다. 숨을 헐떡이며 서로를 격려하는 목소리였습니다.

"자! 끌어올려!"

그러다가 말소리가 갑자기 뚝 끊어졌습니다. 나는 물가로 다가갔습니다. 가까이 다가가보니 병사들이 베르시 다리에 걸린 포함을 끌어내는 모습이 불빛에 희미하게 보였습니다. 강물의 움직임에 따라 흔들리는 등불, 해군 병사가 당기는 쇠사슬 소리 등이 강물과 싸우고 있음을 증명해주고 있었습니다.

용기를 내라, 작은 포함! 화난 듯한 포함의 바퀴에서 물이 솟구쳐서 거품이 일었습니다. 엄청난 노력 끝에 마침내 포함은 간신히 앞으로 나가기 시작했습니다. 굳센 병사들이여! 포함은 다리 밑을 빠져나오자 곧바로 안개 속으로 나아갔습니다.

"프랑스 만세!"라고 외치는 소리는, 우레와 같이 메아리치면서 그들을 부르고 있는 전쟁터를 향해 나아가고 있는 것입니다.

아! 8호 막사의 콘서트는 이제 끝내야겠구나!

페르-라셰즈 묘지의 전쟁

묘지 지기는 웃기 시작하며 말했습니다. 묘지 지기의
말을 그대로 옮기겠습니다.

전쟁이라니요? 여기에는 전쟁 같은 건 절대 없어요.
그건 다 신문이 만들어낸 것이오. 단지 이런 일이 있었
을 뿐이오. 일요일인 22일 저녁에 30명가량의 혁명군 포
병이 일곱 개의 대포와 신식 기관총 한 자루를 가지고 왔
었지요. 그들은 묘지 꼭대기에 자리를 잡았어요. 나는 그
구역을 감시하는 책임졌기 때문에 그들을 맞이한 사람은
바로 나였다오. 그들은 기관총을 저 길모퉁이, 바로 내
감시소 옆에 놓아두었지요. 대포는 평지에 설치해 놓았
고요. 그들은 나에게 여러 개의 묘소를 열도록 강요했다
오. 나는 그들이 모든 것을 부수고 그 안에 있는 것들을

훔쳐 갈 것이라고 생각했어요. 하지만 그들의 우두머리는 질서를 잘 잡았어요. 그는 부하들 가운데 당당하게 서서 이렇게 명령했어요.

"무엇이든 물건에 손대는 놈이 있으면 당장 쏘아버릴 것이다. 해산하라!"

그는 크리미아 전쟁과 이탈리아 원정 때 훈장을 탄 백발 노인으로 좋은 인상은 아니었어요. 부하들은 그의 명령에 따라 아무것도 가져가지 않았어요. 2,000프랑이나 나가는 모르니 공작의 십자가도 손대지 않았다오. 하지만 그 포병대는 못된 놈들만 모인 혁명군이었어요. 그들은 3프랑 50수라는 높은 일급을 받으면서도 계속 불평만 했다오. 묘지에서 그들의 생활을 지켜보노라니, 그들은 유해 안치소에서 무더기로 모여 자곤 했다오. 모르니 가(家), 파론 가, 황제의 유모가 묻혀 있는 파론 가의 아름다운 무덤 속에서 말이오. 샘물이 있는 상포 가 무덤에서는 포도주를 냉동시켰고, 또 여자를 불러들이기도 하고, 밤새도록 먹고 마시고 했다오. 아마 여기 묻힌 시체들도 그 이상한 소리를 모조리 들었을 것이오.

게다가 이 악당들은 파리 정부에도 나쁜 짓을 많이 했다오. 그들의 위치가 아주 좋았던 것이지요. 가끔 다음과 같은 명령이 내려왔어요.

"루브르 궁을 공격하라! 로얄 궁을 공격하라!"

그러면 그 노인이 신호를 보냈고 대포알이 시내로 날아갔어요. 그 아래에서 일어나는 일은 우리 중 누구도 알 수가 없었지요. 이윽고 총소리가 조금씩 가까워지기 시작했어요. 그래도 혁명군은 걱정하지 않았어요. 포대가 소몽, 몽마르트, 페르-라셰즈를 점령하고 있으니 베르사유 정부군이 밀고 나올 수는 없으리라고 생각하는 것 같았어요. 그러나 몽마르트르 언덕 위를 점령한 정부군이 쏜 첫 번째 대포알이 그들의 꿈을 깨뜨렸다오.

"있을 수 없는 일이 일어나다니!"

나도 그들 사이에 끼어 모르니 가의 무덤에 기댄 채 담배를 피우고 있던 중이었다오. 포탄이 날아오는 소리를 듣고서야 나는 간신히 땅에 엎드렸다오. 처음에는 포병들이 오발을 했거나 아니면 그저 장난 정도로만 생각했다오. 그러나 천만에! 잠시 후 몽마르트가 다시 번쩍하더니 다른 포탄이 처음처럼 정확하게 날아왔다오. 그러자 이놈들은 대포와 기관총을 모두 버리고 도망쳤소. 그러나 묘지는 이들 모두가 도망칠 수 있을 만큼 넓은 곳이 아니었다오. 그들은 도망치면서 이렇게 외쳤어요.

"우리는 배반당했어. 배반당했어……."

늙은 대장만이 날아오는 포탄을 무릅쓰고 혼자 남아

포대 가운데에 서서 포병들이 달아난 것에 불같이 화를 내며 눈물을 흘렸다오.

그런데 저녁이 되고 급료를 받을 시간이 되자, 그중 몇 명이 돌아왔소. 여기에 적힌 이름이 그날 저녁 일급을 받으러 돌아온 사람들이라오. 늙은 대장은 하나하나 이름을 부르며 확인했다오.

"시뎅 출석, 슈디이라 출석, 비요, 불롱⋯⋯."

보시다시피 너댓 명밖에는 없었어요. 그것도 자기들의 아내를 데리고 왔지 뭐요. 아! 그날 밤은 잊혀지지 않을 거요. 저 아래의 파리 시가는 불타고 있었다오. 시청, 병기창, 창고들이 말이오. 페르-라셰즈 묘지에서는 모두 대낮같이 훤히 보였어요. 혁명군들은 다시 대포를 조종하려고 했지만 군인 수도 모자라고, 무엇보다 몽마르트의 정부군 포격을 두려워했지요. 그래서 그들은 다시 무덤 속에 들어가 아내들과 술을 마시고 노래하며 놀았다오. 늙은 대장은 파론가의 무덤 앞에 있는 두 개의 석상 사이에 앉아, 굳은 표정으로 불타는 파리를 내려다보고 있었다오. 그것이 자신의 마지막 밤이라고 생각하는 것 같았소.

그 후에 무슨 일이 일어났는지는 나도 잘 모르겠소. 난 집으로 돌아갔거든요. 저기 나뭇가지 사이로 보이는 조그만 오두막으로 말이오. 그날 난 무척 피곤했지요. 폭풍우가 부는 밤처럼 등불을 켜놓은 채 옷도 벗지 않고 침대에 누웠는데, 갑자기 요란하게 문을 두드리는 소리가 났어요. 아내가 무서움에 덜덜 떨며 문을 열러 갔다오. 나와 아내는 혁명군인 줄 알았소. 그런데 뜻밖에도 해군이 있었어요. 지휘관과 기수들과 의사까지 있었다오.

"일어나시오. 커피를 끓여주시오."

나는 그들이 시키는 대로 했어요. 묘지는 마치 죽은 사람들이 최후의 심판을 위해 모두 깨어난 듯 웅성거렸다오. 장교들은 선 채로 급히 커피를 마시고는 나를 끌고 밖으로 나갔어요.

밖에는 해군 병사들이 가득하더군요. 한 분대가 나를 앞세우고 묘지의 무덤을 하나하나 뒤지기 시작했다오. 군인들은 바람에 움직이는 나뭇잎을 보고 총을 쏘기도 했어요. 마침내 그들은 여기저기 무덤 구석에 숨어 있는 가엾은 병졸들을 발견했어요. 그리고 바로 처치해버렸다오. 그날 밤 돌아온 혁명군 포병들도 같은 운명을 겪었다오. 남녀 할 것 없이 많은 시체가 늙은 대장의 시체와 함께 내 감시소 앞에 무더기로 쌓였다오. 추운 새벽에 보는 그 광경은 무척 섬뜩했지요.

그러나 가장 놀랐던 것은 로키트 감옥에서 끌려오는 국민군들의 긴 대열이었다오. 그 대열은 마치 영구차처럼 천천히 큰길을 걸어 올라오고 있었다오. 말소리도 신음 소리도 들리지 않았고요. 이 가엾은 병사들은 모두 지쳐 있었는데, 걸으면서 조는 병사도 있었어요. 죽으러 간다는 엄청난 사실도, 그들의 잠을 깨울 수는 없었던 모양이오. 묘지 깊숙한 곳에 다다르자마자 총살이 시작되었는데, 무려 147명이나 되었다오. 그 총살은 오래 걸리지도 않았고 아주 간단히 끝났다오. 그 일을 페르-라셰즈 묘지의 전쟁이라고 부른다오.

이때 묘지 지기는 감독이 이쪽으로 오는 것을 보자 나를 떠나 황급히 가버렸습니다. 나는 혼자 남아서 감시소 벽에 적힌 마지막 급료를 타러 온 병졸들의 이름을 바라보았습니다. 불타는 파리의 불빛 속에 쓰인 이 이름들을, 그 5월의 밤을 환기해보았습니다. 대포알이 날아가고 피와 불꽃으로 붉게 물든 밤, 축제날의 도시처럼 환하게 비쳤을 이 삭막한 묘지, 네거리에 버려둔 대포들, 활짝 열린 무덤 문들, 무덤 안에서의 향연, 둥근 돌기둥, 석상들을, 불빛이 비치는 이 숲속에서 넓은 이마의 작가 발자크가 큰 눈으로 바라보고 있었을 것입니다.

막사의 추억

나는 오늘 아침, 동틀 무렵 엄청난 북소리에 깜짝 놀라 잠을 깼습니다.

라 팜 팜! 라 팜 팜!

이런 시간에 우리 소나무 숲에서 북을 치다니! 참으로 이상한 일이었습니다.

나는 재빨리 침대에서 내려와 문을 열었습니다. 하지만 문밖에는 아무도 없었습니다! 북소리도 들리지 않았습니다. 이슬에 젖은 머루나무 사이에서 마도요 두세 마리가 날개를 흔들며 날아올랐습니다. 잔잔한 바람이 나무를 흔들고 있었습니다. 동쪽 알퍼유의 가느다란 능선 위로 태양이 금빛 먼지를 일으키며 서서히 솟아오르고 있었습니다.

아침 햇살이 벌써 풍차 방앗간의 지붕을 스치고 있었

습니다. 이때 다시 보이지 않는 북소리가 들판의 나무 웅
달 아래에서 들려왔습니다.

라 팜 팜 팜!

이런! 잠시 잊고 있었다니! 대체 어떤 야만인이 새벽
숲에서 북을 치고 있는 걸까요? 아무리 찾아도 소용없었
습니다. 아무것도 보이지 않았으니까요. 라벤더 숲 덤불
과 저 아랫길까지 뻗어 있는 소나무밖에 안 보였습니다.
어쩌면 장난꾸러기들이 덤불숲에 숨어 나를 골탕 먹이는
건지도 모르겠습니다. 아니면 아리엘이나 골목대장 퍽일
지도 모릅니다. 녀석들이 우리 방앗간 앞을 지나다가 이
런 생각을 했을 겁니다.

'저 파리에서 온 사람은 집 안에서 너무 조용히 지내는
것 같아. 그러니 우리가 한번 놀라게 해줄까?'

그래서 큰 북을 메고 '라 팜 팜! 라 팜 팜!' 소리를 내는
건지도 모르지요.

"퍽, 이놈. 제발 조용히 해. 너 때문에 매미들이 깼잖아!"

하지만 퍽이 저지른 일이 아니었습니다. 북을 친 사람
은 '피스톨레'(권총을 뜻하며 '괴짜'라는 뜻도 있음)라고도 불
리는, 구게 프랑스와라는 사람이었습니다. 31연대에서
북을 치는 사람으로 장기 휴가 중이었습니다. 피스톨레
는 고향에서 지내는 것이 지루하던 참이었나 봅니다. 군

대 생활을 그리워하던 그에게 마을 사람 하나가 북을 빌려 주었고, 그는 숲속으로 와 프랑스-유젠에 있는 병영을 그리며 쓸쓸히 북을 치고는 했던 것입니다.

그리고 때마침 그가 오늘 자기 부대를 생각하며 들른 곳이 바로 우리 집 근처의 작은 언덕이었던 것입니다.

소나무에 기대선 그는 양다리에 북을 끼고 신나게 두드려 댔습니다. 발치에 있던 새끼 자고새들이 화들짝 날아올라도 그는 알아차리지 못했습니다. 그의 주위에 핀 백리향이 향기를 뿜어내는 것도 느끼지 못했습니다.

나뭇가지에서 햇빛에 흔들리는 거미줄도, 자기 북 위에서 톡톡 튀어 오르는 솔잎도 그의 눈에는 보이지 않았습니다. 자신만의 몽상과 음악에 흠뻑 빠진 채 튀어 오르는 북채만을 사랑스럽게 바라볼 뿐이었지요. 그의 크고 우직해 보이는 얼굴은 북이 울릴 때마다 기쁨으로 넘쳐났습니다.

라 팜 팜! 라 팜 팜!

"우리 막사는 정말 멋졌지! 커다란 타일이 깔린 마당, 가지런히 늘어선 창문들과 모자 쓴 병사들, 그릇 부딪히는 소리로 시끄럽던 작은 아케이드도 있었지!"

라 팜 팜! 라 팜 팜!

"아! 시끄러운 계단, 회칠한 복도, 땀 냄새나는 내무반,

잔뜩 광을 낸 허리띠, 빵 자르는 도마, 왁스 통, 철제 침대
와 회색 담요, 시렁에서 번쩍이던 소총들!"

라 팜 팜! 라 팜 팜!

"아! 근위대에서의 즐거운 나날들. 땀으로 끈적이는 손
가락, 사이드 카드, 펜으로 흉측하게 낙서해 놓은 스페이
드의 여왕, 야전 침대 위에서 굴러다니던 책장에서 떨어
진 피고-르브룅 책!"

라 팜 팜! 라 팜 팜!

"아! 관청 정문에서 보초를 서던 긴 밤들! 초소에 비가
들이치는 바람에 발이 얼었지! 축제 마차들은 지나며 흙
탕물을 튀겨대고! 아! 사역 작업과 유치장의 날들. 희한
한 냄새나는 물통, 나무판자로 만든 베개, 비오는 날 아
침 차갑게 들려오던 기상나팔 소리, 가스등이 켜지는 시
간 안개 속에 들리던 귀영나팔 소리, 숨 가쁘게 뛰어야
했던 점호 시간!"

라 팜 팜! 라 팜 팜!

"아! 뱅센 숲, 두꺼운 흰 면장갑, 요새 위에서의 짧지만
즐거운 산책…… 아! 사관학교의 울타리, 병사들의 애
인, 살롱 드 마르의 코넷, 음악 홀에서 마시던 압생트, 딸
꾹질하며 털어놓던 속마음, 칼을 뽑듯 꺼내 든 라이터,
손을 가슴에 대고 부르던 애절한 아리아!"

꿈꾸고 또 꿈꾸는 불쌍한 사람! 나 또한 당신을 막을 순 없으리! 있는 힘껏 두드리게. 팔뚝에 힘을 주어 두드리게. 내가 당신을 비웃을 권리는 없으니.

당신이 군대 시절의 추억을 가지고 있다면 내게도 나만의 추억이 있지 않겠는가?

나의 파리 생활도 당신의 추억처럼 이곳까지 나를 쫓아왔다네. 당신은 소나무 밑에서 북을 두드리게! 나는 그곳에서 조용히 글을 쓰겠네.

아! 우리 두 사람 모두 프로방스의 사람이 아닌가! 저기 파리에서는 푸르른 알피유와 라벤더의 자연스런 향을 몹시 그리워했었지. 하지만 지금 여기, 프로방스 한복판에서 나는 파리를 그토록 그리워하고 그곳을 떠올리는 모든 걸 소중하게 여기고 있으니!

마을의 종소리가 8시를 알립니다. 피스톨레는 북채를 손에서 놓지 않고 집으로 돌아갑니다. 그가 소나무 숲을 내려가는 소리가 들립니다. 그는 계속해서 북을 치고 있었습니다. 풀밭에 누워 있던 나도 향수병에 걸린 듯합니다. 멀어지는 북소리와 함께 내 모든 파리의 추억이 소나무들 사이로 아름답게 펼쳐지고 있으니…….

아! 파리……. 파리!…… 언제나 그리운 파리!

아르튀르

나는 몇 년 전 샹젤리제 골목의 단칸방에 살았습니다. 이 거리는 마차 외에 지나가는 사람이라곤 없는 조용하고 쓸쓸한 거리로, 귀족풍의 큰 거리 한구석에 숨어 있어서 쉽게 눈에 띄지 않았습니다. 어떤 지주의 변덕인지, 어떤 구두쇠 영감의 엉뚱한 생각인지는 모르겠지만, 이 아름다운 거리 중간에 있는 공터와 이끼 낀 마당, 낮은 집들은 그대로 방치되어 있습니다. 집들에는 제멋대로 세워진 채 건물 밖으로 층계가 나 있고, 목조의 테라스에는 빨래가 가득 널려 있습니다. 마당에는 토끼집도 있고, 여윈 고양이와 길든 까마귀도 있습니다. 그 거리에는 노동자의 가족이나, 아주 적은 연금으로 사는 사람들, 예술가들이 있습니다. 그리고 두서너 개의 가구까지 빌려 주는, 몇 대에 걸쳐 빈곤에 찌든 것 같은 우중충한 아파트도 있습니다.

단지 샹젤리제의 화려함과 소란함이 그 주위를 둘러싸고 있을 뿐입니다.

마차 소리, 마차끼리 부딪치는 소리, 말발굽 소리, 무거운 쇳소리를 내며 닫히는 대문 소리, 아주 작게 들려오는 피아노 소리, 마비유의 바이올린 소리가 끊임없이 맴돕니다. 그곳에 조용히 늘어선 큰 저택들의 귀퉁이는 둥글게 되어 있고, 유리창은 밝은 빛깔의 실크 커튼이 드리워져 있었으며, 거울에는 촛대의 금박과 아름다운 정원의 모습이 비쳤습니다. 저쪽 끝에 있는 가로등 불빛에 희미하게 비치는 열 채의 집들 사이로 나 있는 뒷골목의 어두운 길은, 아름다운 무대의 분장실처럼 보입니다. 화려한 거리의 모든 넝마가 집들 속에 숨겨져 있는 셈입니다.

누더기 옷의 장식들, 점쟁이의 속옷, 영국 마부, 서커스의 곡예사 같은 하루벌이 사람들, 쌍둥이 말과 광고판을 끌고 다니는 경마장의 두 어린 마부, 산양이 끄는 수레, 인형극, 떡 파는 여자 그리고 접는 의자와 아코디언과 다 찌그러진 깡통을 들고 돌아다니는 장님의 무리, 이 모든 것이 이 뒷골목에 숨겨져 있는 것입니다. 내가 이 골목에 살고 있을 때 장님 한 사람이 결혼을 했는데, 그 덕분에 우리는 밤새 클라리넷과 오보에, 오르간, 아코디언의 환상적인 연주를 들을 수 있었습니다. 저마다 독특

하고 단조로운 음악을 연주하는 파리의 다리 위에 있는 거리 악사들의 행렬처럼 연주는 밤새도록 이어졌습니다.

하지만 평소에 이 골목은 아주 조용했습니다. 거리의 부랑자들은 해가 저물어서야 지친 몸으로 돌아왔습니다. 그러나 아르튀르가 급료를 타는 토요일이면 또다시 소란스러워집니다. 아르튀르란 자는 이웃집에 살고 있었는데, 우리 집과 그의 아파트는 낮은 철책으로 경계만 짓고 있을 뿐이었습니다. 그래서 그와 나의 생활은 비슷해질 수밖에 없었습니다.

아르튀르의 집에서는 매주 토요일이면, 파리의 생활과 같은 끔찍한 활극이 펼쳐지는데, 그 소리가 하나도 빠짐없이 내 귀에 들려오는 것입니다. 처음은 늘 똑같이 시작되는데, 먼저 그의 아내는 저녁을 준비하고 어린아이들은 주위에서 맴돕니다. 그러면 그녀는 아이들과 부드럽게 이야기하며 바쁘게 일을 합니다. 그러나 7시, 8시가 되어도 남편은 돌아오지 않고, 시간이 지남에 따라 그녀의 음성은 변하기 시작합니다. 그리고 결국 초조해하며 울먹이게 됩니다. 아이들은 배도 고프고 졸려서 칭얼대지만, 남편은 여전히 돌아오지 않습니다. 그러자 그녀와 아이들은 더 이상 그를 기다리지 않고 저녁을 먹습니다. 그런 후 그녀는 아이들을 재우고, 닭장의 닭들도 잠이 들

면 목조로 된 테라스로 나와서 눈물을 흘리며 중얼거리
는데, 그 소리는 나에게 고스란히 들려옵니다.

"아……, 악당! 악당!"

이웃 사람들은 그녀를 보고 위로의 말을 건넵니다.

"자, 들어가서 쉬어요, 아르튀르 부인. 안 돌아올 게 뻔
하지 않아요? 오늘이 봉급날인걸."

그렇게 위로하다가도 아르튀르 부인이 좀처럼 말을
듣지 않으면 나중에는 잔소리로 바뀌고 맙니다.

"나 같으면……. 아니, 왜 조장한테 가서 사실대로 말
하지 않나요?"

이렇게 모든 사람이 동정할수록 그녀는 더욱 슬퍼져
눈물을 흘립니다. 그러나 그녀는 끝까지 희망을 버리지
않고 지칠 때까지 남편을 기다립니다. 그러다가 집집마
다 문이 닫히고 거리가 조용해져 자기 혼자뿐이라는 것
을 알게 되면, 한 가지 생각에 골몰한 채로 턱을 괴고 주
저앉습니다. 그러고는 인생의 절반을 거리에서 지낸 사
람들처럼 아무런 거리낌 없이 소리 높여 자기의 슬픔을
중얼거립니다.

"집세는 밀리고, 빵집에서도 더 이상 빵을 주지 않는
데……. 오늘도 돈을 안 가지고 돌아오면 어떻게 하지?"

결국 그녀는 돌아오지 않는 남편의 발소리를 기다리

다 지쳐서 방으로 들어갑니다. 하지만 모든 것이 끝났다고 생각한 그때, 내 방과 가까운 복도에서 기침 소리가 들립니다. 불쌍한 그녀는 걱정이 되는 듯 다시 나와 어두운 거리를 유심히 살펴보는 겁니다. 그러나 거기에 있는 것은 그녀의 슬픔뿐입니다. 새벽 1시나 2시경, 때로는 더 늦게 골목 끝까지 노랫소리가 들립니다. 그때서야 아르튀르가 돌아오는 것입니다. 하지만 그는 혼자 오는 것이 아니라 친구까지 데리고 옵니다.

"자! 들어가자고!"

그는 집에서 무엇이 그를 기다리고 있을지 알고 있었기 때문에 집 앞까지 와서도 들어설 자신이 없는 것 같았습니다. 그가 층계를 올라갈 때면, 깊은 잠 속에 잠겨 조용한 집 안에 무거운 발소리를 울려 마치 뉘우침처럼 그를 거북하게 했습니다. 그는 남의 집 문 앞에 서서 큰 소리로 외쳤습니다.

"안녕하세요, 웨벨 부인? 안녕하세요, 마튜 부인?"

그러다가 아무런 대답이 없으면 다시 욕을 퍼부어대고, 마침내 모든 창문이 열려 그를 비난하는 소리가 쏟아질 때까지 떠들어댑니다. 하지만 그는 술에 취하면 소란을 피우고 싸움을 하고 싶어 했기 때문에 이런 상황은 오히려 그가 원하는 일이었습니다. 아마도 그는 화가 나서

의기양양하게 집에 돌아오면 어느 정도 두려움이 사그라지는 모양입니다.

"문 열어! 나란 말이야!"

그의 아내가 맨발로 나와 성냥불을 켜는 소리가 들려옵니다. 남편은 집 안에 들어서기가 무섭게 언제나 같은 소리를 외쳐댑니다.

"친구……. 유혹……. 당신이 잘 알고 있는 그놈 말이야……. 철도에서 일하고 있는 그놈……."

아내는 남편의 말을 들으려고도 하지 않습니다.

"돈은?"

"하나도 없어."

아르튀르의 대답입니다.

"거짓말하지 마!"

사실 그는 거짓말을 하고 있었습니다. 그는 비록 술에 취해 있었지만, 월요일의 갈증을 해소할 것을 생각해서 언제나 약간의 돈을 남겨두기 때문입니다. 그녀가 그에게서 뺏으려는 것도 급료 중에서 남은 적은 돈이었지만, 아르튀르는 완강하게 부인합니다.

"다 마셔버렸다고 했잖아!"

그러나 그녀는 신경을 곤두세우고 울화를 터뜨리며 그에게 달려들어 몸을 흔들고 주머니를 뒤집니다. 그렇게 한참 실랑이가 벌어지고 나서야 동전이 굴러 떨어지는 소리가 들리고, 아내가 승리의 웃음을 터뜨리며 또다시 그에게 달려드는 소리가 들려옵니다.

"자! 이것 봐!"

그러고는 욕설과 주먹질하는 소리, 주정뱅이가 복수를 하는 소리가 들려옵니다. 한 번 때리기 시작하면 멈출 줄을 모르는 것입니다. 변두리의 값싼 술 속에 들어 있는 질 나쁘고 파괴적인 그 모든 것이 그의 머리끝까지 올라와 뛰쳐나오려고 하는 것입니다. 아내는 고래고래 소리를 지르고, 좁은 방 안에 몇 개 남지 않은 가구들은 산산조각이 나버립니다. 잠들었던 아이들은 놀라 일어나 울어댑니다. 그러면 그 골목의 창들이 열리고 사람들은 소리칩니다.

"아르튀르! 아르튀르 그놈이야!"

가끔 그의 옆집에 사는 그의 장인이자 넝마장수 노인이 딸의 편을 들기 위해 달려오곤 합니다. 그러나 아르튀르가 누구의 방해도 받지 않기 위해 미리 문을 잠가놨기 때문에, 열쇠 구멍을 통해 장인과 사위 사이에는 무서운 말이 오가는 것입니다.

"2년 동안 감옥에 있었다고요? 그게 어떻다는 거요? 적어도 나는 내가 진 빚을 이 사회에 갚은 셈이라고! 당신도 당신 몫을 갚는 게 어때?"

장인의 대답은 아주 간단했습니다.

"그래, 나는 도둑질을 했어. 그래서 너희가 나를 감옥에 집어넣었지. 그러니 이제 서로 빚진 게 없는 것 아냐?"

그러나 노인이 같은 말을 되풀이하면 할수록 아르튀르는 문을 열고 나와서 장인과 장모, 이웃 사람들을 마치 공처럼 갈겨대는 것입니다.

그러나 그는 나쁜 사내가 아니었습니다. 난동이 지나고 이튿날이 되면, 얌전해진 주정뱅이는 술 마실 돈이 하나도 없어 집에서 하루를 보내야만 합니다. 그가 방에서 의자를 가지고 나오면 웨벨 아줌마, 마튜 아줌마 등 아파트 주민이 모두 나와 테라스에 자리를 잡고서 잔소리를 시작합니다. 그러면 아르튀르는 친절하고 상냥하게, 야간 학교에 다니는 모범 직공처럼 부드러운 목소리로 노동자의 권리, 자본가의 횡포 등의 문제에 대해 여기저기서 주워들은 얘기를 늘어놓습니다. 그럴 때면, 전날 밤 주먹질로 온순해진 가엾은 아내가 감탄스러운 표정으로 그를 바라봅니다.

"아르튀르가 마음만 바로잡는다면⋯⋯."

웨벨 아줌마도 감탄한 듯한 목소리로 한숨을 지으며 중얼거립니다. 그리고 아낙네들이 그에게 노래를 청하면 그는 베랑제의 〈제비들〉을 부릅니다. 아! 거짓 눈물을 흘리며 목에서 나오는 음성! 노동자의 어리석은 감상! 기름종이 밑의 곰팡이, 베란다 밑에 널려진 넝마와 빨랫줄 사이로 푸른 하늘이 어우러져 보이는 겁니다. 그리고 이 부랑자는 이상에 굶주린 눈물 젖은 눈으로 저 높은 곳을 바라봅니다.

하지만 아무리 그런 일이 있었다 해도 다음 토요일이 되면, 아르튀르는 또다시 급료를 바닥내고 아내를 때립니다. 그리고 이 가난한 거리에는 아버지 나이가 되면 급료를 타서 그것으로 몽땅 술을 마시고, 아내를 때리는 꼬마 아르튀르가 수없이 생겨나는 것입니다. 이런 인간들이 이 사회를 지배하려 합니다. "아! 이건 병폐야!"라는 이 골목 안 사람들의 말처럼, 이런 부류의 부랑자들이 이 사회를 지배하려 하고 있습니다.

당구

전투가 이틀 동안 계속되고, 간밤에는 배낭을 짊어진 채 억수처럼 쏟아지는 비를 맞으며 지샜기 때문에 병사들은 몹시 지쳐 있었습니다. 그런 데다가 그들은 세 시간 전부터 도로의 흙탕물 속에 총을 내려놓고 얼어붙은 듯 앉아 있었습니다.

흠뻑 젖은 군복을 입은 채 며칠을 뜬눈으로 새운 그들은, 언 몸을 녹이고 지탱하기 위해 다 같이 달라붙어 있다시피 했습니다. 옆에 있는 병사의 배낭에 기댄 채 잠든 병사도 있었고, 졸음으로 풀린 얼굴에는 피로와 굶주린 모습이 역력했습니다. 비와 진흙 속에서 불도 없고 먹을 것도 없는 데다가 하늘은 낮고 어둡고, 마치 적이 사방 곳곳에 숨어 있는 것처럼 음산하기까지 합니다. 대체 이들은 뭘 하고 있는 것일까요? 무슨 일이라도 있는 것일까요?

숲에서 포구를 향하고 있는 대포는 무엇인가를 노리고 있는 것 같습니다. 숨겨진 기관총은 지평선을 똑바로 겨냥하고 있습니다. 공격 준비는 이미 다 되어 있는데 왜 공격하지 않는 것일까요? 대체 무얼 기다리는 것일까요?

그들은 명령을 기다렸지만, 정작 사령부에서 명령이 내려오지 않고 있는 것입니다. 사령부는 멀리 떨어져 있지 않았습니다. 붉은 기와가 산허리의 숲속에서 빛나고 있는, 저 아름다운 루이 13세 시대 풍의 성이 사령부인 것입니다. 프랑스의 깃발을 게양해도 손색이 없을 정도로 웅장한 곳입니다.

사령부로 가려면 깊은 구렁과 험한 돌난간을 통과해야 합니다. 이 돌난간 뒤에는 잔디가 층계까지 똑바로 뻗어 있습니다. 고르고 푸른 잔디는 화분 주위를 감싸고 있습니다. 저편의 집 안쪽에는 소나무 사이로 빛이 아롱거리고 있었으며, 거울처럼 맑은 연못에는 백조가 헤엄치며 평화롭게 놀고 있습니다. 둥그렇게 생긴 새장의 지붕 밑에서는 공작과 황금빛 꿩이 높은 울음소리를 내며 날개를 파닥거리거나 꼬리를 부채처럼 펴고 있습니다. 사람이 살고 있지는 않았지만, 버려진 빈 집 같은 느낌은 전혀 들지 않았습니다. 전시의 휴식처로 이용되고 있는 이곳에 사령부의 깃발이 걸려 있습니다. 이 깃발은 마치 잔디 위의 작은 꽃까지도 지켜보고 있는 것처럼 느껴집니다. 길에는 고요함 속에 가로수가 버티고 서 있어서 모든 것이 잘 정돈되어 있는 느낌입니다. 이런 질서 때문인지 너무도 고요한 적막감을 싸움터 바로 옆에서 느낀다는 것은 형언할 수 없는 감동을 줍니다.

비가 내리면 그 빗물은 아래쪽으로 나 있는 길을 온통 진흙 밭으로 지저분하게 하고, 깊은 수레바퀴 자국을 만들어내지만, 벽돌의 붉은빛을 더 선명하게 하고 잔디의 푸름을 더 푸르게 만들며, 오렌지 잎사귀들을 반짝반짝 윤기 나게 하고, 백조의 흰 깃털을 더욱 귀족적이고 우아하게 만듭니다. 모든 것이 빛나고 조용하기만 합니다. 만약 지붕 위에 휘날리는 깃발도 없고, 철책 앞에 두 명의 보초병도 없다면, 이곳에 사령부가 있으리라고 생각하는 사람은 아무도 없을 것입니다. 말은 마구간에서 쉬고 있고, 당직 사병이나 부엌 근처를 왔다 갔다 하는 제복을 제대로 갖추어 입지 않은 연락병, 또는 넓은 뜰의 모래를 쇠스랑으로 조용히 긁고 다니는 빨간 바지의 정원사만이 여기저기 보일 뿐입니다. 식당의 창은 층계를 향해 나 있는데, 그곳에는 절반쯤 치운 식탁이 있고, 구겨진 식탁보 위에 마개가 열린 병과 뽀얀 빈 컵이 보입니다. 아마 식사가 끝나고 손님들이 떠난 모양입니다. 옆방에서는 커다란 말소리, 웃음소리, 굴러가는 당구공 소리, 컵을 부딪치는 소리가 요란하게 들려옵니다. 장군이 게임을 하고 있어서 병사들이 명령을 기다리고 있는 것입니다. 그는 당구를 시작하면 승부가 끝날 때까지 절대로 그만두는 법이 없어서, 그 누구도 게임을 방해할 수가 없습니다.

당구! 이것이 이 대단한 장군의 결점이었습니다. 그는 일단 당구를 시작하면 마치 싸움터에서처럼 진지해집니다. 그는 정복 차림에 가슴에는 훈장을 잔뜩 달았으며, 눈은 빛나고 뺨은 상기되어 있습니다. 그는 게임에 몰두하고 있었는데, 식사 때 곁들여 마신 그로그 술로 인해 흥분한 모양입니다. 참모들은 그를 둘러싸고 비위를 맞추려는 듯 그가 한 번 칠 때마다 감탄사를 자아냅니다. 장군이 한 점을 얻으면 서로 먼저 기록하려 하고, 그가 목말라하면 다투어 그로그 술을 대령하는 것입니다. 그가 차고 있는 견장과 깃털 장식이 흔들리고, 훈장이 맞부딪쳐 소리를 내곤 합니다. 천장이 높은 이 응접실은 정원 쪽으로는 떡갈나무가 둘러서 있었는데, 이곳에서 멋들어진 새 군복을 입은 아첨꾼들이 상냥한 미소와 함께 깍듯하게 예의를 갖추는 모습을 보고 있노라면 콩비에뉴의 가을이 생각납니다. 그리고 한편으로는 얼어붙은 길을 따라 비를 맞으며 음산하게 한 무리를 이루고 있는 때 묻은 외투를 입은 병사들을 잠시 동안 잊게 하기도 합니다.

장군의 상대는 참모부의 작달막한 대위인데, 고수머리에 허리에는 가죽 띠를 매고 밝은 빛깔의 장갑을 끼고 있습니다. 대위는 전 세계의 장군들을 이길 수 있을 만한 당구 솜씨를 갖고 있었지만, 존경하는 장군에게는 양보할 줄도 압니다. 그는 장군에게 이기지 않을 정도로, 하지만 너무 쉽게 지지 않도록 노력해야만 합니다. 그는 말하자면 장래가 유망한 사관으로 통하는 그런 군인입니다.

"조심해, 젊은이. 제대로 해야 해. 장군은 15점이고 사관은 10점이야. 끝까지 게임을 이렇게 끌고 가는 거야. 그렇게 되면 자네는 명령을 기다릴 필요도 없이, 장식 끈의 금빛이 퇴색되기만을 기다리면 되는 거야. 공연히 아름다운 제복을 더럽히고, 지평선도 삼켜버릴 것처럼 억수로 퍼붓는 비를 맞으며 다른 병사들과 같이 밖에 있는 것보다 그렇게 하는 게 훨씬 더 진급이 빠를걸세."

사실 흥미 있는 승부입니다. 한 개의 당구공이 구르면서 다른 공을 가볍게 스쳐 가며 빛깔이 뒤섞입니다. 쿠션에 맞으면 바로 튕겨 나오고 천은 판판해서 잘 구릅니다. 그런데 갑자기 대포의 포구가 공중에서 불을 뿜었습니다. 둔탁한 소리가 유리창을 흔들자, 모두들 몸을 부르르 떨며 불안한 듯이 서로 쳐다보지만 장군은 아무것도 보지 못하고, 아무것도 듣지 못하는 것 같습니다. 그는 오직 당구대에 바싹 엎드려 근사하게 공을 끌어낼 궁리만 하고 있습니다. 그가 제일 자신 있게 할 수 있는 기술이 바로 그 기술이기 때문입니다.

이때 무언가 반짝하나 싶더니 곧이어 섬광이 번쩍거립니다. 대포가 짧은 간격으로 연달아 터집니다. 참모들은 창가로 달려갑니다,

"프러시아 군이 공격해온 것일까?"

"좋아, 공격해오라 그래!"

장군은 큐대에 초크를 칠하며 대수롭지 않게 말합니다.

"대위, 자네 차례야."

참모는 감탄하여 몸을 떨었습니다. 적이 공격해오는 순간에도 당구공 앞에서 이처럼 침착한 장군에 비한다면, 대포 위에서 뒤렌은 아무것도 아닙니다. 이러는 사이에 대포 소리는 더욱 소란해졌습니다. 대포 소리, 기관총의 찢어지는 듯한 소리와 분대의 소총 소리가 뒤섞여 들려옵니다. 빨갛고 검은 연기가 잔디 저편에서 솟아오르고, 정원 안쪽도 이미 불타고 있습니다. 놀란 공작과 황금빛 꿩이 새장에서 푸드덕거립니다. 마구간에서는 아라

비아산 말이 화약 냄새를 맡고 뒷발을 내딛으며 벌떡 일어섭니다. 그제야 사령부는 동요하기 시작합니다. 연이은 급보. 장군을 만나기 위해 기병 전령이 말을 몰고 도착합니다.

그러나 장군은 승부가 끝날 때까지 무슨 일이 있어도 까딱하지 않을 것 같습니다.

"대위, 자네 차례야."

그러나 대위는 멍청하게도 게임에 너무 몰두해서 정신을 못 차렸는지 계속해서 점수를 따다가 거의 이길 뻔했습니다. 이번에는 장군이 화를 냅니다. 놀라움과 노여움이 그의 얼굴에 나타났습니다. 이때 마침 쏜살같이 달려온 말이 정원으로 뛰어들었습니다. 그리고 진흙투성이의 참모가 보초의 저지에도 불구하고 단숨에 현관 층계를 올라섰습니다.

"장군님! 장군님!"

장군은 수탉처럼 얼굴이 빨개진 채 창가로 갔습니다.

"무슨 일이야? 이건 또 뭐야? 여기엔 보초도 없나?"

"하지만 장군님!"

"좋아. 곧 가지. 내 명령을 기다려, 빌어먹을."

그러고는 창문을 덜컥 닫아버렸습니다.

그래서 불쌍한 병사들은 그대로 있을 수밖에 없었습니

다. 빗발은 거세지고 유탄은 얼굴 가득히 퍼부어 왔습니다. 총을 든 채 왜 가만히 있어야 하는지 이유도 모른 채 멍해하고 있는 사이, 다른 대대는 이미 짓밟히고 있었습니다. 하지만 병사들은 어쩔 수 없이 명령을 기다릴 수밖에 없습니다. 수백 명의 병사들이 덤불 뒤나, 도랑 속, 조용한 성 앞에서 쓰러졌습니다. 쓰러진 뒤에도 총탄은 그들을 찢고, 갈라진 상처에서는 프랑스인의 용감한 피가 소리 없이 흘렀습니다.

같은 시각, 당구대가 있는 방에서도 싸움은 한창이었습니다. 장군이 다시 우세해졌습니다. 그러나 작달막한 대위는 사자처럼 방어만 하고 있었습니다.

71…… 81…… 91…….

겨우 점수를 적을 짬이 생겼습니다. 총성은 점점 가까이 다가옵니다. 이제 장군이 한 점만 더 얻으면 되는데, 이때 포탄이 정원에 떨어졌습니다. 이어서 연못에도 포탄이 떨어집니다. 무언가 깨지는 소리가 들리고, 겁을 먹은 백조는 피에 젖은 날개를 파닥거리며 헤엄칩니다. 이제 마지막으로 한 번만 더 폭탄이 떨어지면 모든 것이 끝나게 됩니다.

이제 조용해졌습니다. 소사나무 위에 쏟아지는 빗소리와 언덕 밑으로 막연히 움직이는 소리, 흠뻑 젖은 길 위로 가축의 무리가 걸어가듯 서둘러 가는 소리만이 들려옵니다. 군대가 패하여 후퇴하고 있는 소리입니다. 하지만 장군은 결국 당구에서 이겼습니다.

작품 해설

  알퐁스 도데의 다양한 단편소설을 수록한 이 단행본은 그의 단편 중에서도 국내 독자에게 대중적으로 알려진 소설들을 모은 작품집이다. 「마지막 수업」으로 프랑스인들의 애국심을 고취시킨 작가로 잘 알려져 있는 알퐁스 도데는 자신이 살아간 시대를 서정적인 문체와 사실성 높은 묘사로 주제를 표현한다. 그의 작품을 이해하기 위해서는 당시의 시대 변화를 이해하는 것이 중요하다.

  알퐁스 도데는 프랑스 남부지역 님에서 태어나 프로방스로 불리는 따뜻하고 평화로운 지방에서 자랐지만 이후 파리로 이주하여 시민혁명의 바람과 전쟁의 소용돌이 속에 휩쓸리게 되었다. 그가 살았던 당시의 프랑스는 1830년에 일어난 7월 혁명과 1848년에 일어난 2월 혁명, 그리고 나폴레옹 3세의 치세를 거쳐 보불전쟁과 파리코

뮌으로 이어지는 격변의 시대였다. 그렇기 때문에 그가 성장한 프로방스의 고즈넉하고 따스한 정취와 청년이 된 후 겪은 격변과 혼란의 정취는 그의 작품 세계를 구성하는 두 개의 큰 축이 되었다.

파리로 건너온 이듬해인 1859년에 도데는 시집 『사랑에 빠진 여인들』을 발표하며 문단에 데뷔하게 되었다. 그는 이를 계기로 프랑스의 유력한 신문인 《르 피가로》의 기자로 발탁되었고, 모르니 공작의 비서로도 일하게 되었다.

하지만 고향 프로방스의 따뜻한 햇살을 늘 그리워하던 그에게 파리는 번잡하고 우울한 도시일 뿐이었다. 도시 생활에 염증을 느낀 그는 고향 근처 아를에 있는 저택에 운둔한 채 창작 활동에만 전념하게 된다. 그리하여 1869년 드디어 자신이 쓴 짧은 단편소설들 19편을 모아 『풍차 방앗간에서 온 편지』를 출간했고, 이 중에서 「별」은 우리에게 가장 대중적으로 알려진 소설이다. 이 첫 작품집은 프로방스의 정취를 듬뿍 담은 소설로 구성되었는데, 훗날 그의 대표작이자 프랑스인이 가장 사랑하는 책이 되었다.

이후 알퐁스 도데는 두 번째 단편집 『월요 이야기』를 출간했다. 교과서에도 실린 소설인 「마지막 수업」이 수록

되어 있는 이 작품집은 이전의 작품의 색과는 다르게 주로 보불 전쟁과 파라코뮌으로 이어지는 암울한 시대의 풍경을 담고 있었다. 하지만 따스한 정서와 시선을 가진 그의 작품들은 어두운 시대를 직면하여 살아가는 인간에 대한 연민으로 가득했다. 작품 속에는 적도 영웅도, 선도 악도 없으며 다만 역사의 소용돌이에 휩쓸려 희생되는 인간들만이 있을 뿐이었다. 「마지막 수업」도 보불전쟁 당시 알자스 지방의 한 학교를 배경으로 그려진 작품이었고, 소설 속 화자를 어린 아이로 설정하여 부조리한 현실을 더욱 슬프고 안타깝게 만드는 감정을 만들어주었다.

이 작품집 속에는 혁명을 바라보는 다양한 인간들의 삶을 엿볼 수가 있는데, 「조그만 파이」에서는 파이 배달부 소년과 파이를 받아야 하는 남자가 파이 때문에 엉뚱하게도 혁명군의 행진에 끼게 되면서 얼떨결에 그들의 이야기를 듣고 그들과 함께 하게 된다. 이는 프랑스의 혼란스런 정국에도 일반인들은 자신들의 삶을 살았는지를 보여주며, 혁명이라는 것이 일상에 파고들어 어떻게 영향을 주는지를 독특한 시선으로 담아 내었다.

또한 포화가 빗발치는 전시의 상황에서도 당구를 치면서 점수에 집중하는 장군을 그린 「당구」와 곧 전쟁이 시작됨을 알면서도 콘서트를 구경하며 지친 마음을 달래던 병사들을 그린 「8호 막사의 콘서트」에서는 비극 속에서 희극을 찾는 해학의 정서도 담겨 있다.

이러한 점은 알퐁스 도데가 매우 뛰어난 작가라는 사실을 말해주는데, 그의 소설은 주제에 따라 구전에서 비롯된 옛이야기, 편지, 전설, 우화의 형식을 취하며 때로는 친구에게 수다를 떨듯, 때로는 슬픔에 빠진 비통한 목소리로, 때로는 귓속말이라도 하듯 나직한 목소리로 이야기를 들려준다. 이런 그의 목소리 덕분에 독자는 머리가 아닌 마음으로 그의 이야기를 들을 수 있다.

많은 독자가 그를 자연주의 작가, 사실주의 작가로 명명하기보다는 아름다운 사랑의 이야기, 순수한 사랑의 이야기를 쓴 작가로 기억한다. 하지만 알퐁스 도데는 그 누구보다 프랑스의 정서를 담으며 그 안에서 살아가는 인간의 이야기를 적은 민중의 작가로 회자된다. 그렇기 때문에 그의 작품이 가진 미학을 우리는 잊지 말아야 하겠다.

작가 연보

1840년 5월 3일 남프랑스 프로방스 주의 옛 도시 님에서
    아버지 뱅상 도데와 어머니 아들린 레이노 사이에
    서 3형제 중 막내로 태어남.
1853년 리몽의 고등중학교에서 공부하던 중 비단 도매상
    을 하던 아버지가 완전히 파산하는 바람에 학업을
    중단함.
1855년 알레스 중학교에서 조교사 생활을 시작함.
1858년 친형인 역사가 에르네스트 도데의 도움으로 파리
    로 이주.
1859년 처녀작인 시집 『사랑에 빠진 연인들』을 출판하여
    지식인들의 주목을 받음. 이로 인해 《르 피가로(Le
    Figaro)》지의 기자로 발탁됨.
1860년 입법 회의 의장인 드 모르니 공작의 비서가 됨.

1862년 처음으로 연극에 관심을 쏟아 《마지막 우상》을 발표.

1868년 자신의 젊은 시절의 쓰디쓴 추억을 모은 소설 『조그만 것(Le Petit Chose)』을 발표해 작가로서 인정받음.

1969년 『풍차 방앗간에서 온 편지』는 《레베느망(L'evenement)》지에 연재된 후 출간됨.

1870년 프랑스-프로이센 전쟁이 일어나자 국민병으로 지원하여 비참한 전쟁을 체험함.

1872년 열정적인 성격을 가진 한 청년의 실연을 그린 『아를의 여인』이 비제의 음악으로 상연되었고, 고향에 대한 애정을 표현한 『타라스콩의 타르타랭』을 발표.

1873년 전쟁터에서 보고 느낀 것들을 패전국의 비애와 애국의 정열로 가득 찬 에피소드로 엮은 『월요 이야기(Contes du Lundi)』를 발간. 이 단편집은 1871년부터 1873년까지 파리의 신문 《레베느망》과 《르소르》에 발표한 것들을 모아 단행본으로 출간됨.

1874년 당시 유행했던 사실주의에 휩쓸려 현대 사회의 풍속 묘사에 전념함. 파리의 산업구조를 그린 『젊은 프로몽과 형 리슬레르』를 발표.

1876년 『자크』를 발표.

1877년 재계와 정계를 묘사한 『나바브』를 발표.

1879년 국제 사회에 관한 『유적지의 왕들』을 발표.

1883년 종교적인 열광을 그린 『복음주의』를 발표.

1884년 『누마 루메스탕』과 방랑하는 예술가에 관한 이야
기인 『사포』를 발표.

1888년 학계를 다룬 『불후의 사람』을 발표.

1890년 오랜 질병과 싸우며 몇 권의 회고담에 대해 집필
시작.

1897년 12월 16일 파리에서 56세의 나이로 생애를 마침.